SCENES DE LA VIE D'UN JEUNE GARÇON

Ce récit est une (auto)biographie qui renvoie nommément à la famille et à l'enfant que fut J. M. Coetzee ; un voyage initiatique qui tente de comprendre la montée du nationalisme en 1948 ou de reconstruire le puzzle disparate des races et des ethnies, des religions et des idéologies.

L'apprentissage passe essentiellement par l'appréhension du code linguistique propre à l'Afrique du Sud. L'enfant tente de comprendre le monde de préjugés qui l'entoure pour construire son identité et s'affirmer par opposition ou par comparaison avec d'autres (britannique, noire ou métisse), d'élucider l'empilement des strates sociales étanches, la complexité injuste des hiérarchies.

Devant les fausses valeurs et l'hypocrisie des adultes, l'extrémisme, à l'image du père déchu, et tout ce qui « constitue » le mal, il n'existe qu'une seule figure rédemptrice, garante de l'existence du bien et du juste : celle de la mère qui finit par se fondre avec la mère originelle, la terre nourricière volée et violée. Tout à la fois force et douceur, mère courage et madone, elle est ce point d'ancrage sans lequel l'enfant ne saurait être ni devenir et qui assure permanence et continuité.

J. M. Coetzee, né en 1940, a fait ses études en Afrique du Sud et aux États-Unis. Professeur de littérature américaine, il est également traducteur, critique littéraire et spécialiste de linguistique. Il est l'auteur de nouvelles et de sept romans (Au cœur de ce pays, En attendant les barbares, Michael K, sa vie, son temps, Foe, L'Âge de Fer, Le Maître de Pétersbourg, Disgrâce) *et de deux récits autobiographiques* (Scènes de la vie d'un jeune garçon *et* Vers l'âge d'homme) *traduits dans 25 langues et abondamment primés. Deux de ces romans,* Michael K, sa vie, son temps *et* Disgrâce, *ont été couronnés par le prestigieux Booker Prize et qualifiés de chefs-d'œuvre par la critique internationale. Il a reçu, pour l'ensemble de son œuvre, le prix Nobel de littérature en 2003.*

J. M. Coetzee

SCÈNES DE LA VIE D'UN JEUNE GARÇON

RÉCIT

Traduit de l'anglais (Afrique du Sud) par Catherine Glenn-Lauga

Éditions du Seuil

TEXTE INTÉGRAL

TITRE ORIGINAL
Boyhood. Scenes from Provincial Life
ÉDITEUR ORIGINAL
Secker & Warburg, Londres
ISBN original : 0-09-926827-2

ISBN 2-02-052577-1
(ISBN 2-02-032103-3, 1re publication)

www.seuil.com

Un

Ils habitent dans un lotissement juste en dehors de la ville de Worcester, entre la voie ferrée et la route nationale. Les rues du lotissement ont des noms d'arbres, mais il n'y a pas encore d'arbres le long des rues. Leur adresse est 12, avenue des Peupliers. Toutes les maisons du lotissement sont neuves et identiques. Elles sont construites au milieu de grandes parcelles de terre rouge et argileuse où rien ne pousse, séparées les unes des autres par des clôtures de fil de fer. Sur le terrain à l'arrière de chaque maison se dresse une petite structure qui consiste en une pièce et des WC. Ils n'ont pas de bonne, mais ils appellent ces pièces « la chambre de bonne » et les « WC de la bonne ». La chambre de bonne leur sert de débarras où ils entreposent de vieux journaux, des bouteilles vides, une chaise cassée, un vieux matelas de crin.

Au bout du terrain ils ont installé un poulailler où ils ont mis trois poules qui sont censées leur fournir des œufs. Mais les poules ne prospèrent pas. L'eau de pluie ne peut s'infiltrer dans l'argile et forme des flaques. Le poulailler se transforme en un bourbier nauséabond. Les poules se mettent à avoir de vilaines boursouflures sur les pattes, comme de la peau d'éléphant. Mal en point, hargneuses, elles cessent de pondre. Sa mère consulte sa sœur de Stellenbosch, qui lui dit qu'elles ne recommenceront à pondre que lorsqu'on leur aura coupé les excroissances à consistance de corne qu'elles ont sous la langue. Alors, l'une après l'autre, sa mère immobilise les poules entre ses genoux, elle leur appuie sur les bajoues pour leur faire ouvrir le bec, et de la pointe d'un petit couteau de cuisine elle leur nettoie la langue. Les poules poussent des cris aigus et se débattent, on dirait que les yeux vont leur sortir de la tête. Ça lui donne des frissons et il se détourne. Il revoit sa mère à la cuisine en train de donner de grands coups sur une tranche de bœuf avant de la couper en morceaux ; il revoit ses doigts pleins de sang.

Les magasins les plus proches sont à près de deux kilomètres de là, au bout d'une rue sinistre bordée d'eucalyptus. Prisonnière dans ce clapier au fond du lotissement, sa mère n'a rien d'autre à faire de toute la journée que ranger et faire du ménage. Dès que le vent souffle, une fine poussière d'argile passe sous les portes, en nuages ocre, s'infiltre par les moindres fentes des montants de fenêtre, se glisse sous l'avancée du toit et s'insinue par les jointures du plafond. Quand le vent a soufflé toute la journée, il y a plusieurs centimètres de poussière amassée le long du mur de façade.

Ils achètent un aspirateur. Tous les matins sa mère traîne l'engin de pièce en pièce pour aspirer la poussière dans le ventre grondant, sur lequel un petit lutin rouge bondit en souriant par-dessus une haie. Pourquoi un lutin ?

Il joue avec l'aspirateur : il déchire du papier et il regarde les petits morceaux s'engouffrer dans le tuyau en tourbillonnant comme des feuilles dans le vent. Il tient le suceur au-dessus d'une procession de fourmis, les aspire et les envoie à la mort.

Il y a des fourmis à Worcester, des mouches, et on est infesté par les puces. Worcester n'est qu'à cent cinquante kilomètres du Cap, mais ici tout est pire que là-bas. Il a des marques de piqûres de puces tout autour du mollet au-dessus de ses chaussettes, et des croûtes là où il s'est gratté. Certains soirs les démangeaisons l'empêchent de dormir. Il ne voit vraiment pas pourquoi il a fallu qu'ils quittent le Cap.

Sa mère ne s'habitue pas non plus. Je voudrais avoir un cheval, dit-elle. Au moins je pourrais aller me promener dans le veld. Un cheval ! dit son père : Tu veux faire ta Lady Godiva ?

Elle ne s'achète pas de cheval. A la place, sans rien dire à personne, elle s'achète un vélo, un modèle pour dame qu'elle achète d'occasion ; le cadre est peint en noir. C'est un très grand vélo, très lourd, si bien que lorsqu'elle veut l'essayer dans le jardin derrière la maison, elle n'arrive pas à manœuvrer les pédales.

Elle ne sait pas monter à vélo ; peut-être qu'elle ne sait pas monter à cheval non plus. Elle a acheté le vélo en pensant que ça serait simple comme bonjour de l'enfourcher. Et maintenant elle ne trouve personne pour lui apprendre à se tenir dessus.

Son père jubile et ne s'en cache pas. Les femmes, ça ne monte pas à vélo, dit-il. Mais sa mère tient tête. Je ne vais pas rester prisonnière dans cette maison, dit-elle. Je veux être libre.

D'abord, il avait trouvé ça formidable que sa mère ait son vélo à elle. Il s'était même imaginé tous les trois en train de descendre l'avenue des Peupliers, elle, lui et son frère. Mais maintenant, en entendant les plaisanteries de son père, auxquelles sa mère répond par un silence obstiné, il n'est plus si sûr. Les femmes ne montent pas à vélo : et si son père avait raison ? Si sa mère ne trouve personne pour lui apprendre, si aucune autre mère de famille à Reunion Park n'a de vélo, peut-être bien que, effectivement, les femmes ne sont pas censées monter à vélo.

Dans le terrain derrière la maison, sa mère essaie d'apprendre toute seule. Elle écarte les jambes de part et d'autre du cadre et elle dévale la pente en direction du poulailler. Le vélo s'incline et s'arrête. Comme il n'y a pas de barre, elle ne tombe pas, elle atterrit sur ses pieds mais elle reste cramponnée au guidon et fait des zigzags ridicules.

Au fond de son cœur, il prend parti contre elle. Ce soir-là, il se met avec son père pour lui envoyer des vannes. Il sait bien la trahison que cela représente. Maintenant sa mère est seule contre eux tous.

Malgré tout elle apprend à monter à vélo, même si elle n'est pas très sûre d'elle, pas très stable sur sa machine, et si elle a du mal à actionner le gros pédalier.

Ses expéditions à Worcester, elle les fait le matin, quand il est à l'école. Une seule fois il l'aperçoit sur son vélo. Elle porte un chemisier blanc et une jupe foncée. Elle descend l'avenue des Peupliers en direction de la maison. Ses cheveux flottent au vent. Elle a l'air jeune, elle a l'air d'une jeune fille, fraîche et mystérieuse.

Chaque fois que son père voit le gros vélo noir appuyé contre le mur, il y va d'une plaisanterie. Dans ses plaisanteries, les bonnes gens de Worcester arrêtent ce qu'ils sont en train de faire pour reluquer cette femme qui pousse tout ce qu'elle sait sur ses pédales. Allez vas-y ! lui crient-ils en se moquant : Pousse ! Ces plaisanteries n'ont rien de drôle, et pourtant avec son père ils en rigolent. Quant à sa mère, elle ne répond pas, elle n'a pas le don de la repartie. « Vous pouvez rire tant que vous voudrez », dit-elle.

Et puis un beau jour, sans explication, elle arrête de monter à vélo. Peu de temps après, le vélo disparaît. Personne ne dit mot, mais il sait bien qu'elle a perdu la bataille, qu'on l'a remise à sa place, et il sait que c'est en partie sa faute. Je lui revaudrai ça un jour, se promet-il.

Le souvenir de sa mère sur son vélo ne le quitte pas. Elle s'éloigne à grands coups de pédale en remontant l'avenue des Peupliers, elle lui échappe, elle s'échappe, à la poursuite de son propre désir. Il ne veut pas qu'elle s'en aille. Il ne veut pas qu'elle ait de désir à elle. Il veut qu'elle reste toujours à la maison, à l'attendre quand il rentre. Il ne se met pas souvent avec son père contre elle : il aurait plutôt envie de se mettre avec elle contre son père. Mais, dans ce cas, sa place est du côté des hommes.

Deux

Il ne confie rien à sa mère. Il garde jalousement comme un secret les détails de sa vie à l'école. Il a pris une résolution : elle ne saura rien, sauf ce qui apparaîtra sur son bulletin trimestriel, qui sera parfait. Il sera toujours le premier de sa classe. En conduite il aura toujours Très Bien, les progrès seront Excellents. Tant qu'il n'y aura rien à redire sur le bulletin, elle n'aura pas le droit de poser de questions. C'est là le contrat qu'il établit mentalement.

Ce qui se passe à l'école, c'est que les élèves sont fouettés. Cela se produit tous les jours. On ordonne aux garçons de se pencher en avant, de se toucher les pieds du bout des doigts et on les fouette avec une badine.

Au cours élémentaire, il a un camarade qui s'appelle Rob Hart ; la maîtresse adore le battre, plus que les autres. L'institutrice du cours élémentaire est une femme qui s'énerve facilement ; elle a les cheveux passés au henné ; elle s'appelle Mlle Oosthuizen. Ses parents ont entendu parler d'elle par ailleurs sous le nom de Marie Oosthuizen : elle fait du théâtre amateur et elle n'a jamais été mariée. Il est clair qu'elle a une vie en dehors de l'école, mais il n'arrive pas à s'imaginer quelle vie elle a. Il n'arrive pas à imaginer qu'une institutrice puisse avoir une vie en dehors de l'école.

Mlle Oosthuizen pique des crises de rage, elle fait venir Rob Hart de son pupitre, elle lui donne l'ordre de se pencher en avant et elle le fouette sur le derrière. Les coups se succèdent à toute vitesse, la badine a à peine le temps de se relever. Quand Mlle Oosthuizen en a fini avec lui, Rob Hart a le visage tout rouge. Mais il ne pleure pas ; en fait, il est peut-être rouge simplement parce qu'il était penché en avant. Mlle Oosthuizen, elle, a la poitrine haletante et semble au bord des larmes – des larmes et aussi d'autres débordements.

Après ces accès de furie incontrôlée, le silence total règne dans la classe, le grand silence jusqu'à la cloche.

Mlle Oosthuizen ne réussit jamais à faire pleurer Rob Hart ; c'est peut-être pour cela qu'elle se met dans des rages pareilles et qu'elle le bat si fort, plus fort que tout autre élève. Rob Hart est le plus vieux de la classe, presque deux ans de plus que lui (lui est le plus jeune) ; il lui semble qu'entre Rob Hart et Mlle Oosthuizen, il se passe quelque chose qui lui échappe.

Rob Hart est grand, beau garçon, plutôt je-m'en-foutiste. Bien que Rob Hart ne soit pas très intelligent et qu'il risque même de ne pas être admis dans la classe supérieure, il se sent attiré vers lui. Rob Hart fait partie d'un monde où lui-même n'a pas encore trouvé le moyen d'entrer : un monde qui connaît le sexe et le fouet.

Quant à lui, il n'a aucun désir d'être battu par Mlle Oosthuizen, ni personne d'autre. A la seule idée d'être battu, il se recroqueville de honte. Il ne reculera devant rien pour échapper à cela. Ce n'est pas une attitude normale et il le sait bien. Il vient d'une famille anormale et honteuse où non seulement on ne bat pas les enfants mais où on appelle les grandes personnes par leur prénom ; personne ne va à l'église et on met des chaussures tous les jours.

Chacun des enseignants de son école, les hommes comme les femmes, a une badine et s'en sert à sa guise. Chacune de ces badines a sa personnalité, son caractère, bien connu des élèves, et fait l'objet de discussions sans fin. En connaisseurs avertis, les garçons discutent les caractéristiques des badines et la nature de la douleur qu'elles infligent, comparent la technique du bras et du poignet de chacun des maîtres qui administrent les coups. Personne ne parle de la honte qu'il y a à être appelé, forcé de se pencher et fouetté sur le derrière.

Comme il n'a pas personnellement fait cette expérience, il ne peut pas prendre part à ces conversations. Cependant il sait que l'essentiel n'est pas la douleur qu'on éprouve. Si les autres peuvent supporter la douleur, lui aussi, vu qu'il a bien plus de volonté qu'eux. Mais ce qu'il ne pourra pas endurer, c'est la honte. Cette honte, il le craint, sera si terrible, si insurmontable, qu'il se cramponnera à son pupitre et refusera de bouger quand on l'appellera. Et cela sera une honte encore plus grande qui le mettra à l'écart des autres et qui en plus tournera les autres contre lui. Si jamais on l'appelle pour être battu, ce sera une scène tellement humiliante qu'il ne pourra jamais plus retourner à l'école ; en fin de compte il n'aura aucun autre moyen de s'en sortir que de se tuer.

Voilà donc ce qui est en jeu, rien de moins. Et c'est pour cela qu'il ne pipe pas en classe. C'est pour cela que sa conduite est irréprochable, c'est pour cela que ses devoirs sont toujours faits et qu'il sait toujours répondre aux questions. Il n'ose pas avoir la moindre défaillance. A la moindre défaillance, il risque d'être battu ; et qu'il soit battu ou qu'il fasse tout ce qu'il peut pour ne pas être battu, c'est du pareil au même, il mourra.

Ce qu'il y a de bizarre, c'est qu'il suffirait d'une seule raclée pour briser le charme maléfique qui l'enserre comme un étau. Il se rend bien compte que, si, d'une manière ou d'une autre, le châtiment peut être expédié sans qu'il ait le temps de se pétrifier pour résister, si l'outrage à son corps peut se faire bien vite, alors l'épreuve fera de lui, par la force, un garçon normal, et il pourra facilement se joindre à ceux qui discutent les maîtres et leurs badines, et les degrés, les nuances de la souffrance qu'ils infligent. Mais, à lui seul, il n'est pas capable de franchir cet obstacle.

C'est la faute à sa mère qui ne l'a jamais battu. C'est vrai qu'il est content de porter des chaussures, d'aller prendre des livres à la bibliothèque municipale et de manquer l'école quand il a un rhume – tout cela le rend différent des autres – et, en même temps, il en veut à sa mère de ne pas avoir des enfants normaux avec une vie normale. Son père, si jamais son père devait avoir son mot à dire à la maison, ferait d'eux une famille normale. Son père est tout ce qu'il y a de plus normal. Il sait gré à sa mère de le protéger de ce qu'il y a de normal chez son père, c'est-à-dire des colères qui parfois font étinceler ses yeux bleus et des menaces de le battre. En même temps il en veut à sa mère de faire de lui quelque chose de dénaturé, quelque chose qu'il faut protéger pour qu'il continue à vivre.

De toutes les badines, ce n'est pas celle de Mlle Oosthuizen qui lui laisse l'impression la plus marquante. La badine la plus redoutable est celle de M. Lategan, qui leur enseigne la menuiserie. La badine de M. Lategan n'est pas longue et souple comme celles que la plupart des maîtres préfèrent. Au contraire, elle est courte, massive, épaisse, plutôt un bâton ou une matraque qu'une baguette. On raconte que M. Lategan ne s'en sert qu'avec les grands, ça serait trop dur pour un petit. On raconte qu'avec ça M. Lategan a même fait chialer des garçons de classe terminale qui demandaient grâce, faisaient dans leurs culottes et se couvraient de honte.

M. Lategan est un petit homme avec des cheveux coupés très court et qui se tiennent tout droit sur sa tête ; il porte la moustache. Il lui manque le pouce à une main : le moignon est couvert de peau violette, proprement cicatrisée. M. Lategan ne dit presque jamais rien. Il est toujours de mauvaise humeur, inabordable, comme si enseigner la menuiserie aux petits garçons était une tâche indigne de lui, dont il s'acquitte à contrecœur. Il passe la plupart de la leçon debout devant la fenêtre à regarder dans la cour pendant que les élèves s'efforcent tant bien que mal de mesurer, de scier, de raboter. Quelquefois il a à la main son gros bâton, et il tapote machinalement la jambe de son pantalon en ruminant ses pensées. Quand il fait le tour de la classe pour inspecter le travail, il montre d'un geste dédaigneux ce qui ne va pas, et puis il hausse les épaules et passe au suivant.

On permet aux élèves de plaisanter avec les maîtres sur leurs badines. C'est en fait le seul sujet sur lequel il est permis de taquiner un peu les professeurs. « Faites-la siffler, m'sieur ! » disent les élèves, et M. Gouws s'exécute et donne un coup de poignet, et sa longue badine (c'est lui qui a la plus longue badine de l'école, bien qu'il ne soit que l'instituteur de la classe de septième) fend l'air avec un sifflement.

Personne ne plaisante avec M. Lategan. M. Lategan inspire la terreur, lui et ce qu'il peut faire avec son bâton à des garçons qui sont presque des hommes.

Quand son père et les frères de son père se retrouvent à la ferme pour Noël, ils finissent toujours par parler de leurs années d'école. Ils évoquent leurs maîtres et les badines de leurs maîtres ; ils se rappellent les froids matins d'hiver où la badine laissait des zébrures bleuâtres sur leur derrière, et leur chair gardait le souvenir cuisant de la douleur pendant des jours et des jours. Les mots qu'ils emploient laissent entendre une note de nostalgie et de peur mêlée de plaisir. Il écoute de toutes ses oreilles mais il se fait aussi petit que possible. Il ne veut pas que, si la conversation vient à languir, ils se tournent vers lui pour lui demander la place que tient le fouet dans sa vie. Il n'a jamais été fouetté et il en a profondément honte. Il ne peut pas parler des badines avec l'aisance de ces hommes qui savent de quoi ils parlent.

Il a le sentiment d'être abîmé. Il a le sentiment que quelque chose en lui se déchire lentement tout le temps : une paroi, une membrane. Il essaie de se crisper autant qu'il peut pour contenir cette déchirure. Pour la contenir, pas pour l'arrêter : rien ne l'arrêtera.

Une fois par semaine, il va avec toute sa classe en peloton au gymnase à l'autre bout de l'école pour la séance d'éducation physique. Dans les vestiaires ils mettent leurs maillots et leurs shorts blancs. Puis, sous la direction de M. Barnard, vêtu de blanc lui aussi, ils passent une demi-heure à sauter au cheval d'arçon, ou à se lancer le ballon, ou à sauter en battant des bras et en claquant les mains au-dessus de la tête.

Tout cela se fait pieds nus. Plusieurs jours avant, il appréhende de dénuder ses pieds pour la gymnastique, ses pieds qui sont toujours couverts. Pourtant, une fois qu'il a ôté ses chaussures et ses chaussettes, tout d'un coup cela n'est pas si difficile. Il lui suffit de se dépouiller de sa honte, et de procéder au déshabillage avec des gestes vifs, en se dépêchant, et ses pieds ne sont plus que des pieds, comme ceux de tout le monde. Quelque part, pas loin, flotte encore la honte, qui attend de revenir en lui, mais c'est une honte secrète qu'il n'est pas nécessaire de jamais laisser voir aux autres.

La peau de ses pieds est tendre et blanche ; autrement ses pieds sont comme les pieds de tous les autres, même comme ceux des garçons qui n'ont pas de chaussures à se mettre et qui viennent à l'école pieds nus. Il n'aime pas la gymnastique, il n'aime pas avoir à se déshabiller, mais il se dit que c'est quelque chose qu'il peut supporter, comme il supporte d'autres choses.

Puis, un beau jour, il y a un changement de programme. Du gymnase on les envoie aux courts de tennis pour apprendre les rudiments. Il y a un petit bout de chemin à faire pour arriver aux courts ; sur le sentier il faut qu'il fasse attention où il met les pieds pour éviter les cailloux. Sous le soleil d'été le revêtement du court est si chaud qu'il est obligé de sauter d'un pied sur l'autre pour ne pas sentir la brûlure. C'est un soulagement de revenir aux vestiaires et de remettre ses chaussures ; mais quand arrive l'après-midi, c'est à peine s'il peut marcher, et quand sa mère lui enlève ses chaussures une fois rentré à la maison, elle lui trouve la plante des pieds couverte d'ampoules qui saignent.

Il reste trois jours à la maison à se rétablir. Le quatrième jour, il retourne à l'école avec un mot de sa mère ; il en connaît la teneur indignée et il est d'accord. Comme un soldat blessé au combat qui revient prendre sa place dans les rangs, il longe les rangées de pupitres pour regagner le sien en claudiquant.

« Pourquoi est-ce que tu as manqué ? » lui demandent ses camarades à voix basse.

« Je ne pouvais pas marcher, j'avais des ampoules aux pieds à cause du tennis », répond-il tout bas.

Il s'attend à déclencher leur étonnement et leur commisération ; au lieu de cela on l'accueille avec hilarité. Même ceux de ses camarades qui ont l'habitude de porter des chaussures ne prennent pas son histoire au sérieux. Dieu sait comment, eux aussi se sont endurcis les pieds et ils n'attrapent pas d'ampoules. Lui seul a le pied tendre, et avoir le pied tendre, il le découvre, n'est pas un titre de gloire. Tout d'un coup, il se retrouve isolé, lui, et derrière lui, sa mère.

Trois

Il n'a jamais réussi à comprendre la place que tient son père dans leur famille. En fait, il n'est pas du tout évident pour lui de quel droit son père se trouve même là. Dans une famille normale, il veut bien l'admettre, le père est le chef de famille : la maison lui appartient, la femme et les enfants sont sous son autorité. Mais dans leur cas, comme dans les ménages des deux sœurs de sa mère, c'est la mère et les enfants qui constituent le noyau de la famille, alors que le mari n'est rien d'autre qu'une pièce rapportée qui contribue financièrement à la marche du ménage comme le ferait un locataire.

Aussi loin qu'il se souvienne, il s'est toujours perçu comme le prince de la maison et sa mère comme celle qui, de façon contestable, le mettait en valeur, était sa protectrice inquiète – inquiète et contestable parce que, il le sait bien, ce n'est pas un enfant qui est censé être le coq dans un ménage. S'il fallait être jaloux de quelqu'un, ce ne serait pas de son père mais de son frère cadet. Car sa mère fait aussi valoir son frère, et non seulement elle le fait valoir, mais, comme son frère est intelligent mais pas aussi intelligent que lui, ni aussi hardi et intrépide, elle le préfère même. En fait, sa mère a toujours l'air d'être là à couver son frère, prête à écarter tout danger ; alors que pour lui elle se contente d'être derrière, pas loin, patiente, à l'écoute, au cas où il appellerait.

Il veut qu'elle se comporte avec lui comme elle se comporte avec son frère. Mais il veut que cela ne soit qu'un signe, une preuve, rien de plus. Il sait que cela le mettra en rage si jamais elle se met à le couver, lui aussi.

Il cherche toujours à la coincer, exigeant qu'elle avoue qui elle aime le plus, de lui ou de son frère. Toujours elle se dérobe. « Je vous aime tous les deux pareil », assure-t-elle, avec un sourire. Même lorsqu'il s'ingénie à lui poser des questions pièges – et si la maison prenait feu, par exemple, et qu'elle ait le temps de n'en sauver qu'un des deux ? –, elle ne se laisse pas prendre. « Tous les deux, voyons, dit-elle, je suis sûre que je vous sauverai tous les deux. Mais de toute façon la maison ne prendra pas feu. » Il se moque de son esprit terre à terre, mais il respecte sa constance à toute épreuve.

Les colères qu'il prend contre sa mère sont l'une des choses qu'il doit tenir secrètes et cacher au reste du monde. Eux quatre, et eux seuls, savent quels torrents de mépris il déverse sur sa tête, et à quel point il la traite comme une inférieure. « Si tes professeurs et tes copains savaient comment tu as parlé à ta mère... », dit son père en agitant l'index d'un air entendu. Il déteste son père qui voit si bien la faille dans sa cuirasse.

Il veut que son père le batte et fasse de lui un garçon normal. En même temps, il sait que si son père osait porter la main sur lui, il ne trouverait pas le repos avant de s'être vengé. Si son père venait à le frapper, il deviendrait fou : il serait possédé, comme un rat acculé dans un coin et qui se jette à droite et à gauche en faisant claquer ses crocs venimeux, trop dangereux pour qu'on le touche.

A la maison, c'est un despote irascible ; à l'école il est doux comme un agneau, à son pupitre à l'avant-dernier rang, le rang le plus obscur pour surtout ne pas se faire remarquer, et il se raidit de peur quand commence la séance du fouet. En vivant cette double vie, il s'est créé un fardeau d'imposture. Personne n'a rien à porter de pareil, pas même son frère, qui n'est, au mieux, qu'une craintive, une pâle imitation de lui-même. En fait, il soupçonne son frère d'être, au fond, normal. Il se retrouve donc seul. Il ne peut attendre le moindre soutien d'aucun bord. C'est à lui de se débrouiller pour dépasser l'enfance, dépasser la famille et l'école et entrer dans une nouvelle vie où il n'aura plus besoin de faire semblant.

L'enfance, dit *L'Encyclopédie des enfants*, est une période de joie innocente qu'on doit passer dans les prairies parmi les boutons d'or et les petits lapins ou au coin du feu plongé dans des livres d'histoires. Cette image de l'enfance lui est totalement étrangère. Rien de ce qu'il vit à Worcester, à la maison ou à l'école, ne lui donne à penser que l'enfance est autre chose qu'une période de la vie qu'il faut endurer en grinçant des dents.

Comme il n'y a pas de Louveteaux à Worcester, on lui permet d'entrer aux Scouts, bien qu'il n'ait que dix ans. Pour le grand jour où il est solennellement accueilli dans la patrouille, il se prépare minutieusement. Il va avec sa mère dans un magasin pour acheter l'uniforme : chapeau de feutre entre marron et vert olive et l'écusson d'argent à agrafer dessus, une chemise, un short et des chaussettes kaki, une ceinture de cuir avec la boucle réglementaire, des épaulettes vertes, et des insignes verts aussi pour le revers des chaussettes. Il taille une branche de peuplier d'un mètre cinquante, il en pèle l'écorce, et passe tout un après-midi armé d'un tournevis dont il chauffe la pointe à graver dans la chair blanche du bois tout le code morse et les signaux sémaphoriques. Il se met en route pour sa première réunion de patrouille avec sa longue baguette en bandoulière, accrochée par une cordelette verte qu'il a confectionnée lui-même d'une triple tresse. Lorsqu'on prête serment en levant les deux doigts, il est de loin le plus impeccablement équipé de tous les nouveaux, « les pieds tendres ».

Être scout, il le découvre, consiste, comme à l'école, à passer des épreuves. Chaque fois qu'on réussit une épreuve, on reçoit un insigne que l'on coud sur sa chemise.

Les épreuves se passent dans un ordre dûment établi. Pour la première, il faut faire des nœuds : nœud plat, nœud double, nœud en jambe de chien, nœud de chaise. Il réussit sans se distinguer particulièrement. Il ne comprend pas bien comment on se distingue dans ces épreuves de scout, comment on y excelle.

La deuxième épreuve permet d'obtenir l'insigne de bûcheron. Pour cela, il doit faire du feu, sans utiliser de papier et sans utiliser plus de trois allumettes. A même le sol nu, à côté de l'église anglicane, par un soir d'hiver où souffle un vent froid, il fait un tas de brindilles et de morceaux d'écorce qu'il a ramassés, puis, sous l'œil de son chef de patrouille et du chef de section, il gratte ses allumettes, une à une. A trois reprises, le feu ne prend pas : chaque fois le vent éteint la petite flamme. Les deux chefs s'éloignent. Ils ne prononcent pas les mots : « C'est raté », de sorte qu'il n'est pas sûr d'avoir effectivement raté. Peut-être vont-ils discuter et décider que, compte tenu du vent, ce n'était pas juste de lui faire passer l'épreuve. Il attend qu'ils reviennent. Il attend qu'on lui donne quand même son insigne. Mais il ne se passe rien. Il est là debout à côté de son tas de brindilles, et il ne se passe rien.

Personne ne reparle plus jamais de l'incident. C'est la première fois de sa vie qu'il rate un examen.

Chaque année, aux vacances de juin, les scouts partent faire un camp. En dehors d'une semaine qu'il a passée à l'hôpital quand il avait quatre ans, il n'a jamais été séparé de sa mère. Mais il est bien décidé à aller avec les scouts.

On leur donne une liste de choses à emporter. L'une d'elle est un tapis de sol. Sa mère n'a pas de tapis de sol, elle ne sait d'ailleurs pas trop ce que c'est, un tapis de sol. Alors elle lui donne un matelas pneumatique de caoutchouc rouge. Arrivé au camp, il s'aperçoit que tous les autres scouts ont un vrai tapis de sol couleur kaki. Tout de suite, à cause de son matelas rouge, il se trouve à part des autres. Et il n'arrive pas non plus à aller à la selle accroupi sur un trou puant creusé dans le sol.

Le troisième jour, ils vont se baigner dans la Breede. Même si, du temps qu'ils habitaient au Cap, lui, son frère et son cousin prenaient souvent le train pour Fish Hoek et passaient des après-midi entiers à escalader des rochers, à faire des châteaux de sable et à s'éclabousser au bord de l'eau, en fait, il ne sait pas nager. Et voilà que maintenant, comme scout, il doit traverser la rivière et revenir.

Il déteste les rivières où l'eau est trouble, où les doigts de pied s'enfoncent dans la vase, et où il risque de marcher sur des boîtes de conserve rouillées ou des tessons de bouteille. Mais il plonge, et tant bien que mal il arrive à gagner la rive opposée. Il s'agrippe à une racine qui sort de la berge, reprend pied et se tient debout avec de l'eau sombre, brunâtre jusqu'à la taille, claquant des dents.

Les autres font demi-tour et repartent. Il reste tout seul. Il n'a plus qu'à se rejeter à l'eau.

A mi-chemin, il n'en peut plus. Il cesse de nager et essaie de poser les pieds au fond mais la rivière est trop profonde. L'eau lui passe par-dessus la tête. Il essaie de remonter, de se remettre à nager, mais les forces lui manquent. Il coule une seconde fois.

Il lui vient l'image de sa mère assise sur une chaise à haut dossier, bien droite, en train de lire la lettre qui lui annonce sa mort. Son frère est à côté d'elle, et lit la lettre par-dessus son épaule.

Et puis soudain, il se retrouve allongé sur la berge et son chef de patrouille, qui s'appelle Michael mais à qui, par timidité, il n'a jamais osé parler, est à cheval sur lui. Il ferme les yeux, envahi d'une sensation de bien-être. Il vient d'être sauvé.

Après, pendant des semaines, il pense à Michael, Michael qui a risqué sa vie en replongeant dans la rivière pour lui porter secours. Chaque fois qu'il y pense, il s'étonne, il trouve ça merveilleux que Michael ait remarqué, qu'il l'ait remarqué lui, qu'il ait remarqué qu'il n'y arrivait pas. A côté de Michael (qui est en troisième et qui a déjà tous les insignes sauf les plus difficiles, et qui va passer Aigle), il n'est qu'un minus. Il aurait très bien pu se faire que Michael ne le voie pas boire la tasse, et même qu'il s'aperçoive de son absence seulement une fois de retour au camp. Alors tout ce qu'on aurait demandé à Michael aurait été d'écrire la lettre à sa mère, la lettre de circonstances laconique qui commence par la formule : « Nous avons le regret de vous informer... »

A partir de ce jour-là, il sait qu'il a quelque chose que les autres n'ont pas. Il aurait dû mourir mais il n'est pas mort. Tout indigne qu'il soit, il a reçu une seconde vie. Il était mort mais il est vivant.

De ce qui s'est passé au camp, il ne souffle mot à sa mère.

Quatre

Le grand secret de sa vie d'écolier, le secret qu'il ne confie à personne à la maison, c'est qu'il est devenu catholique, et qu'à toutes fins pratiques il « est » catholique.

C'est difficile de soulever la question à la maison parce que dans la famille ils ne « sont » rien. Ils sont bien sûr sud-africains, mais cette nationalité sud-africaine elle-même est légèrement gênante, on n'en parle donc pas, puisque tous ceux qui vivent en Afrique du Sud ne sont pas des Sud-Africains, pas de vrais Sud-Africains.

Pour ce qui est de la religion, il est sûr et certain qu'ils ne sont rien. Même dans la famille de son père, beaucoup plus sûre et plus ordinaire que celle de sa mère, personne ne va à l'église. Lui-même n'est allé à l'église que deux fois dans sa vie : une fois pour se faire baptiser et une fois pour célébrer la victoire à la fin de la guerre en 45.

La décision d'« être » catholique est prise dans un mouvement irréfléchi. Le jour de la rentrée dans sa nouvelle école, pendant que le reste de sa classe, en rang, deux par deux, est emmené jusqu'au préau pour une assemblée, il est retenu avec trois autres nouveaux par l'institutrice. « Tu es de quelle religion ? » demande-t-elle à chacun d'eux. Il jette un coup d'œil à droite, un coup d'œil à gauche. Qu'est-ce qu'il faut répondre ? En matière de religion, quel choix on a ? Est-ce que c'est comme entre les Russes ou les Américains ? Arrive son tour. « De quelle religion es-tu ? » demande l'institutrice. Il transpire à grosses gouttes, il ne sait pas quoi répondre. « Est-ce que tu es chrétien, catholique romain ou juif ? » Elle s'impatiente. « Catholique romain », dit-il.

L'interrogatoire terminé, on leur signifie, à lui et à un autre qui a dit qu'il était juif, de rester là ; les deux qui ont dit qu'ils étaient chrétiens vont rejoindre les autres dans le préau.

Ils attendent de voir ce qui va leur arriver. Mais il ne se passe rien. Les couloirs sont déserts, le bâtiment est silencieux, tous les instituteurs ont disparu.

Ils vont jusque dans la cour de récréation où ils retrouvent le lot dépareillé de ceux qu'on a laissés dehors. C'est la saison des billes ; dans le silence inaccoutumé qui règne dans la cour déserte, où l'air vibre du roucoulement des tourterelles et avec, au loin, l'écho faible des hymnes, ils font une partie de billes. Le temps passe. Puis la cloche sonne la fin de l'assemblée. Les autres élèves reviennent du préau, en rang et au pas, une classe après l'autre. Certains ont l'air de mauvaise humeur. « *Jood !* » siffle un élève afrikaans en passant près de lui : juif ! Quand ils regagnent leur salle de classe, personne n'a le sourire.

Cet incident le trouble. Il espère que le lendemain on le retiendra encore avec les autres nouveaux à l'école et qu'on leur demandera de réviser leur choix. Alors lui, qui de toute évidence a fait une erreur, pourra se corriger et être chrétien. Mais on ne lui redonne pas sa chance.

Deux fois par semaine il est procédé à la séparation des brebis et des boucs. Tandis qu'on laisse les juifs et les catholiques faire ce qui leur chante, les chrétiens vont à l'assemblée pour entonner des hymnes et se faire sermonner. Pour se venger de ce pensum, et pour venger ce que les juifs ont fait au Christ, les élèves afrikaans, des costauds boutonneux, brutaux, parfois se jettent sur un juif ou un catholique et lui bourrent les biceps de petits coups de poing, rapides, mauvais, ou lui flanquent des coups de genoux dans les couilles, ou lui tordent les bras en les maintenant dans son dos jusqu'à ce qu'il demande grâce. « *Asseblief !* » gémit le garçon : je vous en supplie ! Ils répondent en sifflant : « *Jood ! Jood ! Vuilgoed !* » Juif ! Sale juif !

Un jour, à la récréation, deux élèves afrikaans le coincent et le traînent jusqu'au bout du terrain de rugby. L'un d'eux est un gros gars, énorme. Il les supplie. « *Ek is nie 'n Jood nie* », dit-il, je ne suis pas juif. Il leur propose de les laisser monter sur son vélo, de leur prêter son vélo pour l'après-midi. Plus il bafouille, plus le gros sourit. C'est ça qui lui plaît, c'est clair, les supplications, l'humiliation.

De la poche de sa chemise, le gros sort quelque chose, quelque chose qui explique pourquoi on l'a traîné jusque dans ce coin à l'écart : une chenille verte qui se tortille. Le copain lui immobilise les bras dans le dos ; le gros lui pince l'articulation de la mâchoire jusqu'à ce qu'il ouvre la bouche, et lui enfonce la chenille dans la gorge. Il la recrache, déjà esquintée, perdant déjà ses sucs. Le gros l'écrase et lui en barbouille les lèvres. « *Jood !* » dit-il en s'essuyant les mains dans l'herbe.

Il avait fait le choix d'être catholique, catholique romain, en ce jour fatidique, à cause de Rome, à cause d'Horace et de ses deux compagnons d'armes, brandissant leurs épées, coiffés de leurs casques à cimier, les yeux brillant d'un courage indomptable, en train de défendre le pont sur le Tibre contre les hordes étrusques. Et voilà que maintenant, petit à petit, il découvre auprès des autres catholiques de l'école, ce qu'est en réalité un catholique. Un catholique romain n'a rien à voir avec Rome. Les catholiques romains n'ont même pas entendu parler d'Horace. Les catholiques vont au catéchisme le vendredi après-midi ; ils vont à confesse ; ils communient. Voilà ce qu'ils font, les catholiques romains.

Des élèves catholiques, des grands, le coincent pour l'interroger : Est-ce qu'il est allé au catéchisme ? Est-ce qu'il est allé à confesse ? Est-ce qu'il a communié ? Catéchisme ? Confesse ? Communié ? Il ne sait même pas ce que ces mots veulent dire. Il répond de manière évasive : « J'y allais quand j'étais au Cap. » « Où ? » disent-ils. Il ne connaît pas le nom d'une seule église au Cap, mais eux non plus. « Tu viens au catéchisme vendredi », lui ordonnent-ils. Et quand ils voient qu'il n'est pas là, ils vont raconter au prêtre qu'il y a un apostat au cours élémentaire. Le prêtre, à ce qu'ils disent, les charge de lui faire savoir qu'il faut qu'il vienne au catéchisme. Il les soupçonne d'avoir inventé cette commission de toutes pièces, mais le vendredi suivant, il reste à la maison, il se fait oublier.

Les grands commencent à lui faire comprendre sans ambiguïté qu'ils ne croient pas un mot de ce qu'il raconte, ils ne croient pas qu'il était catholique quand il était au Cap. Mais au point où il en est, il ne peut plus faire machine arrière. S'il dit : « Je me suis trompé, en réalité je suis chrétien », il perdra la face. En plus, même s'il lui faut supporter le persiflage des Afrikaners et les interrogatoires des vrais catholiques, est-ce que le temps libre, deux fois par semaine, ne vaut pas bien ça, le temps de flâner sur les terrains de sport quand il n'y a personne et de discuter le coup avec les juifs ?

Un samedi après-midi, pendant que tout le monde à Worcester fait la sieste, accablé de chaleur, il prend son vélo et va à Dorp Street.

D'habitude il se garde bien de s'approcher de Dorp Street, parce que c'est là que se trouve l'église catholique. Mais aujourd'hui la rue est déserte, il n'y a pas un bruit sauf le murmure de l'eau qui court dans les canaux d'irrigation. Prenant un air détaché, il passe devant l'église, en faisant semblant de ne pas s'y intéresser.

L'église n'est pas aussi grande qu'il l'imaginait. C'est un bâtiment peu élevé, sans signe distinctif, avec au-dessus du portique une petite statue de la Vierge, coiffée d'un voile et tenant son enfant dans les bras.

Il arrive au bas de la rue. Il voudrait bien faire demi-tour et revenir jeter un second coup d'œil, mais il a peur de tenter le sort, il a peur qu'un prêtre vêtu de noir ne se montre et lui fasse signe de s'arrêter.

Les catholiques de l'école le tarabustent et le poursuivent de leurs sarcasmes, les chrétiens le persécutent, mais les juifs ne prennent pas parti. Les juifs font comme s'ils ne remarquaient rien de ce qui se passe. Les juifs portent des chaussures eux aussi. Il se sentirait plutôt à l'aise avec les juifs. Les juifs ne sont pas si mal que ça.

N'empêche qu'il faut faire attention où on met les pieds avec les juifs. Les juifs sont partout, ils font main basse sur le pays. Il entend dire cela à droite et à gauche, mais surtout de la part de ses oncles, les deux frères célibataires de sa mère, quand ils viennent les voir. Norman et Lance viennent tous les étés, comme des oiseaux migrateurs, mais rarement au même moment. Ils couchent sur le canapé, ils se lèvent à onze heures du matin, traînent à la maison pendant des heures, à moitié habillés, même pas peignés. Ils ont tous les deux une voiture ; quelquefois on arrive à les persuader d'aller faire un tour en voiture l'après-midi, mais on dirait qu'ils préfèrent passer leur temps à fumer et à boire du thé en parlant du bon vieux temps. Et puis ils dînent, et après le dîner ils jouent au poker ou au rami jusqu'à minuit avec ceux qui veulent bien rester debout.

Il adore écouter sa mère et ses oncles évoquer pour la énième fois leur enfance à la ferme. Rien ne le rend plus heureux que d'écouter leurs histoires, les taquineries et les rires qui les accompagnent. Ses copains ne viennent pas de familles qui ont des histoires comme ça. C'est cela qui l'isole des autres : les deux fermes dans son passé, la ferme de sa mère, la ferme de son père, et les histoires de ces fermes. Par ces fermes, il a des racines dans le passé ; c'est elles qui lui donnent sa substance.

Et puis il y a une troisième ferme : Skipperskloof, près de Williston. Sa famille n'a pas de racines là-bas. Ils sont liés à cette ferme-là par mariage. Cependant Skipperskloof a son importance aussi. Toutes les fermes ont leur importance. Les fermes sont des lieux de liberté, de vie.

Dans les histoires que racontent Norman et Lance et sa mère, surgissent çà et là des juifs, personnages comiques, malins, mais rusés et sans cœur aussi, comme des chacals. Des juifs de Oudtshoorn venaient chaque année à la ferme pour acheter des plumes d'autruche à leur père, son grand-père. Ils l'avaient persuadé d'abandonner la laine et de se consacrer à l'élevage des autruches. Les autruches feraient de lui un homme riche. Et puis un jour, le marché des plumes d'autruche s'est effondré. Les juifs ont refusé d'acheter les plumes et son grand-père a fait faillite. Tout le monde a fait faillite dans la région et les juifs ont racheté les fermes. C'est comme ça qu'ils font, les juifs, dit Norman. Il ne faut jamais faire confiance à un juif.

Son père n'est pas d'accord. Son père ne peut pas se permettre de dénigrer les juifs, puisque c'est un juif qui l'emploie. Les Conserveries Standard, où il travaille comme comptable, appartiennent à Wolf Heller. En fait, c'est Wolf Heller qui a fait venir son père du Cap à Worcester quand il a perdu son emploi dans la fonction publique. L'avenir de leur famille est lié à l'avenir des Conserveries Standard, dont Wolf Heller a fait en quelques années, depuis qu'il a repris l'affaire, un des géants de la conserve. Les perspectives d'avenir sont extraordinaires chez Standard, dit son père, pour quelqu'un comme lui qui a une formation de juriste.

Wolf Heller ne tombe donc pas sous le coup des critiques que l'on fait aux juifs en général. Wolf Heller s'occupe bien de ses employés. A Noël, il leur fait même des cadeaux, et pourtant Noël ne veut rien dire pour les juifs.

Il n'y a pas de petits Heller à l'école de Worcester. S'il existe des enfants Heller, on les envoie probablement à SACS au Cap, qui est une école juive même si son nom ne l'indique pas. Il n'y a pas de familles juives à Reunion Park.

Les juifs de Worcester habitent les plus vieux quartiers de la ville, les plus verts, les plus ombragés. Bien qu'il y ait des enfants juifs dans sa classe, il n'est jamais invité chez eux. Il ne les voit qu'à l'école, où le temps qu'ils passent ensemble les rapproche, puisque les juifs et les catholiques sont tenus à l'écart des assemblées et en butte au courroux des chrétiens.

De temps en temps, cependant, et pour des raisons qui ne sont pas bien claires, la dispense qui les laisse libres durant les assemblées est supprimée et ils sont tenus d'aller au préau. Le préau est toujours plein à craquer. Les grands ont des sièges, tandis que les plus jeunes du primaire s'entassent par terre. Les juifs et les catholiques, une vingtaine tout au plus, se faufilent parmi eux et essaient de se trouver une place. Des mains leur empoignent en douce les chevilles pour essayer de les faire tomber.

Le *dominee*, un homme jeune en costume noir avec une cravate blanche, est déjà sur l'estrade. Il psalmodie son sermon d'une voix de fausset, en allongeant les voyelles, en prononçant chaque lettre de chaque mot minutieusement. Quand il a fini son prêche, ils doivent se lever pour la prière. Quelle est l'attitude à prendre pour un catholique pendant la prière des chrétiens ? Est-ce qu'il ferme les yeux en bougeant les lèvres ou est-ce qu'il fait comme s'il n'était pas là ? Il ne repère aucun des vrais catholiques ; il prend une expression aussi neutre que possible et regarde dans le vague.

Le *dominee* s'assied. On distribue les livres de psaumes ; on va chanter. L'une des institutrices s'avance pour battre la mesure. « *Al die veld is vrolik, al die voëltjies sing* », chantent les plus jeunes. Puis les grands se lèvent. « *Uit die blou van onse hemel* », entonnent-ils de leurs voix graves, debout comme au garde-à-vous, les yeux fixes, le regard sévère : l'hymne national, leur hymne national à eux. Timidement, les plus jeunes s'y mettent aussi. Penchée audessus d'eux, avec des mouvements comme si elle soulevait des brassées de plumes, l'institutrice s'efforce de faire monter le volume de leurs voix mal assurées, de les encourager. « *Ons sal antwoord op jou roepstem, ons sal offer wat jy vra* », nous répondrons à ton appel.

Enfin, c'est fini. Les professeurs descendent de l'estrade, d'abord le directeur, puis le *dominee*, puis tous les autres. En rang, les élèves sortent du préau. Un poing l'atteint dans les reins, un coup sec, rapide, que personne ne peut voir. « *Jood !* » dit une voix étouffée. Et puis il se retrouve dehors, libéré, il peut enfin respirer à l'air libre.

Malgré les intimidations des vrais catholiques, malgré la menace d'une visite possible du prêtre à ses parents et le risque d'être démasqué, il se félicite de l'inspiration qu'il a eue de choisir Rome. Il est reconnaissant envers l'Église qui l'accueille ; il n'a aucun regret, il ne souhaite pas cesser d'être catholique. Si être chrétien consiste à chanter des hymnes et à écouter des sermons pour tourmenter les juifs à la sortie, il n'a aucune envie d'être chrétien. Ce n'est pas sa faute si les catholiques de Worcester sont catholiques sans être romains, s'ils ne savent rien d'Horace et de ses compagnons qui défendent le pont sur le Tibre (« ô Tibre notre Père, entends venir à toi les prières des Romains »), s'ils ne savent rien non plus de Leonidas et de ses Spartiates qui défendent le défilé des Thermopyles, de Roland qui défend le défilé contre les Sarrasins. Il n'y a à ses yeux rien de plus héroïque que de défendre un défilé, rien de plus valeureux que de donner sa vie pour sauver des hommes qui, ensuite, viendront pleurer sur votre dépouille. Voilà ce qu'il voudrait être : un héros. Voilà à quoi l'Église catholique et romaine devrait s'intéresser.

C'est une soirée d'été qui apporte la fraîcheur après une journée de chaleur. Il est au jardin public où il vient de jouer au cricket avec Greenberg et Goldstein. Greenberg est bon élève mais pas fort au cricket ; Greenberg a de grands yeux bruns, porte des sandalettes et il a une élégance naturelle qui l'épate. Il est tard, bien après sept heures et demie. Ils sont les trois derniers au jardin maintenant désert. Ils ont dû arrêter leur partie de cricket : il ne fait plus assez clair et on ne voit plus la balle. Alors ils se bagarrent comme s'ils étaient redevenus de petits enfants, ils se roulent dans l'herbe, ils se chatouillent, ils font les fous et ils rient. Il se relève et respire un grand coup. Il se sent traversé par un frisson de bonheur : « Je n'ai jamais été aussi heureux de ma vie. Je voudrais rester avec Greenberg et Goldstein pour toujours. »

Chacun repart de son côté. C'est vrai. Il voudrait vivre ainsi pour toujours, sur son vélo à longer les rues larges et désertes de Worcester au crépuscule d'un soir d'été, quand tous les autres enfants ont déjà dû rentrer et que lui seul est encore dehors, comme un roi.

Cinq

Sa vie de catholique est une partie de sa vie qu'il réserve à l'école. Préférer les Russes aux Américains est un secret si noir qu'il ne peut le révéler à personne. Aimer les Russes est une affaire sérieuse. Cela peut vous faire ostraciser.

Dans une boîte, dans son armoire, il conserve un cahier de dessins qu'il a faits au plus fort de sa passion pour les Russes en 1947. Sur ces dessins, tracés au crayon noir d'une mine épaisse, et coloriés aux crayons de couleur, on voit des avions russes en train de tirer sur des avions américains qui tombent dans le ciel, des bateaux russes qui coulent des bateaux américains. Bien que l'admiration fervente qu'il leur vouait cette année-là (l'année où une vague d'hostilité contre les Russes s'est soudain déchaînée à la radio et que tout le monde a dû prendre parti) soit retombée, il leur est resté secrètement loyal : loyal envers les Russes, mais plus encore loyal envers lui-même, tel qu'il était quand il a fait ces dessins.

Personne ici à Worcester ne sait qu'il aime les Russes. Au Cap, il y avait son copain Nicky avec qui il jouait à la guerre avec des soldats de plomb et un canon à ressort qui tirait des allumettes ; mais quand il s'est rendu compte du danger que représentait son allégeance, ce qu'elle pouvait lui coûter, il a d'abord fait jurer le secret à Nicky, et puis, pour plus de sécurité, il lui a dit qu'il était passé de l'autre côté et qu'il était maintenant pour les Américains.

A Worcester il est le seul à aimer les Russes. Sa loyauté envers l'Étoile rouge le place absolument à part.

Comment en est-il venu à s'enticher des Russes comme ça ? Lui-même trouve cela bizarre. Le prénom de sa mère est Vera, avec un *V* majuscule glacial, une pointe de flèche qui descend. Vera, elle le lui a dit un jour, est un nom russe. Quand les Russes et les Américains lui sont apparus placés face à face en position d'adversaires entre lesquels il fallait choisir (« Qui est-ce que tu préfères, Smuts ou Malan ? Qui est-ce que tu préfères : Superman ou le capitaine Marvel ? Qui est-ce que tu préfères : les Russes ou les Américains ? »), il a d'emblée choisi les Russes, comme il a choisi les Romains : parce qu'il aime la lettre *r*, surtout le *R* majuscule, la plus forte de toutes les lettres.

Il a choisi les Russes en 1947 alors que tout le monde se mettait du côté des Américains ; ayant fait ce choix, il s'est mis à lire tout ce qui lui tombait sous la main et qui parlait des Russes. Son père avait acheté une histoire de la Guerre de 39 en trois volumes. Il adorait ces livres et passait des heures dessus, il passait des heures le nez sur les photos de soldats russes en combinaison de ski réglementaire, de soldats russes la mitraillette au poing, qui s'avançaient en se faufilant dans les ruines de Stalingrad, d'officiers russes qui scrutaient l'horizon à la jumelle de la tourelle de leur tank. (Le T-34 russe était le meilleur tank du monde, mieux que le Sherman américain, et mieux même que le Tigre allemand.) Il ne se lassait pas de regarder la reproduction d'un tableau où un pilote russe fait virer son bombardier au-dessus d'une colonne de tanks allemands en flammes, anéantis. Il avait adopté le maréchal Staline, figure sévère mais paternelle, le plus grand, le plus perspicace stratège de la guerre ; il avait adopté le borzoï, le chien-loup russe, le plus rapide de tous les chiens. Il savait tout ce qu'il y avait à savoir sur la Russie : sa superficie en kilomètres carrés, sa production de charbon et d'acier en tonnes, la longueur de tous ses fleuves, la Volga, le Dniepr, l'Ob, le Iénisseï.

Et puis, à la désapprobation de ses parents, à l'étonnement de ses copains et à ce qu'ils lui disaient de la réaction de leurs parents quand ils leur parlaient de lui, il a compris qu'aimer les Russes cela ne faisait pas partie d'un jeu, c'était tout bonnement défendu.

Toujours, semble-t-il, il y a toujours quelque chose qui va de travers. S'il veut quelque chose, s'il aime quelque chose, tôt ou tard, il faut en faire un secret. Il commence à se voir comme une de ces araignées qui vivent dans un trou, fermé d'une trappe. L'araignée doit toujours venir se réfugier dans son trou et rabattre la trappe sur elle, pour se couper du monde et se cacher.

A Worcester, il tient secret son passé russe, il cache le cahier répréhensible avec les dessins de traînées de fumée derrière les avions de chasse ennemis qui tombent dans l'océan et les bateaux de guerre dont la proue s'enfonce dans les flots. Au lieu de dessiner, il fait des parties imaginaires de cricket. Il utilise une raquette de bois et une balle de tennis. Il s'agit de faire rebondir la balle sans qu'elle tombe, aussi longtemps que possible. Des heures durant, il fait le tour de la table de la salle à manger en faisant rebondir la balle sur la raquette. On a enlevé tous les vases et les bibelots ; chaque fois que la balle touche le plafond, il en tombe une fine pluie de poussière rouge.

Il fait des parties entières, onze batteurs dans chaque équipe ; chacun a deux tours à la batte. Chaque rebond de la balle compte pour un point. Quand il se déconcentre et qu'il rate la balle, le batteur est éliminé, et il inscrit son score. Il arrive à des totaux faramineux : cinq cents, six cents points. Un jour l'Angleterre a marqué mille points, score qu'aucune équipe véritable n'a jamais atteint. Tantôt c'est l'Angleterre qui gagne, tantôt l'Afrique du Sud ; plus rarement l'Australie ou la Nouvelle-Zélande.

En Russie et en Amérique on ne joue pas au cricket. Les

Américains jouent au base-ball ; les Russes n'ont l'air de jouer à rien du tout, peut-être parce qu'il neige toujours là-bas.

Il ne sait pas ce que font les Russes quand ils ne font pas la guerre.

De ses parties de cricket en solitaire, il ne dit rien à ses copains ; elles ne se jouent qu'à la maison. Un jour, dans les premiers mois où ils étaient à Worcester, un garçon de sa classe avait trouvé la porte de devant ouverte et était entré ; il l'avait trouvé allongé sous une chaise. « Qu'est-ce que tu fais là ? » avait-il demandé. « Je réfléchis », avait-il répondu sans réfléchir : « J'aime bien réfléchir. » En un rien de temps tout le monde était au courant dans sa classe : le nouveau était bizarre, il n'était pas normal. Cette erreur lui a appris à être plus prudent. Être prudent c'est, pour une bonne part, en dire plutôt moins que plus.

Il joue aussi au cricket pour de bon s'il trouve des partenaires. Mais une vraie partie de cricket sur la place déserte au milieu de Reunion Park est un supplice ; c'est trop lent : le batteur rate la balle, le gardien de guichet rate la balle qui va se perdre au loin. Il a horreur de chercher les balles qui se perdent. Il a horreur de jouer en défense aussi, sur la place pleine de cailloux où on se met les mains et les genoux en sang chaque fois qu'on tombe. Tout ce qu'il veut faire, c'est être à la batte ou lancer la balle.

Il essaie de persuader son frère, son frère qui n'a que six ans, de lui lancer la balle dans le jardin de derrière, en lui promettant de lui prêter ses jouets. Son frère sert pendant un moment, et puis ça ne l'amuse plus, il prend un air renfrogné et court se réfugier à l'intérieur. Il essaie d'apprendre à sa mère à servir, mais elle n'arrive pas à coordonner ses gestes pour faire le mouvement correctement. Pendant qu'il s'exaspère, elle est prise de fou rire devant sa propre maladresse. Alors il lui permet de jeter la balle, tout simplement. Mais, en fin de compte, le spectacle qu'ils offrent – une mère qui joue au cricket avec son fils et qu'on peut voir trop facilement de la rue – est trop humiliant.

Il coupe en deux une boîte de confiture en fer-blanc et il cloue la moitié inférieure sur un montant de bois de soixante centimètres de long. Il fixe ce montant sur un axe passé dans les parois latérales d'une caisse qu'il maintient au sol avec des briques. Le montant est tiré vers l'avant par une bande de caoutchouc découpée dans une chambre à air et se tire vers l'arrière par une corde qui passe dans un crochet sur le dessus de la caisse. Il place une balle dans la boîte de conserve, recule de dix mètres, tire sur la corde pour tendre le morceau de chambre à air, maintient la corde tendue en la coinçant sous son talon, se met en position de batteur, et laisse filer la corde. Quelquefois la balle bondit haut dans l'air, parfois elle vient le frapper à la tête ; mais de temps en temps elle passe à sa portée et il peut la frapper de sa batte. Alors il est satisfait : il a réussi à lui tout seul à être à la batte et à servir, il a triomphé, rien n'est impossible.

Un jour, pris d'un élan inconsidéré qui le porte aux confidences, il demande à Greenberg et à Goldstein de raconter leurs plus vieux souvenirs. Greenberg refuse : il ne veut pas jouer à ce jeu-là. Goldstein raconte une longue histoire qui n'en finit pas, dans laquelle on l'emmène à la plage ; il écoute à peine son histoire, car l'idée de ce jeu, bien sûr, est de lui permettre, à lui, de raconter son premier souvenir.

Il est à la fenêtre de leur appartement à Johannesburg. Le soir tombe. De loin arrive une voiture qui descend la rue à toute allure. Un chien, un petit chien tacheté, se précipite sur la rue, juste devant la voiture. La voiture heurte le chien, les roues lui passent au beau milieu du corps. Les pattes arrière paralysées, le chien se traîne vers l'autre côté de la rue en poussant de petits cris de douleur : il va mourir, c'est sûr ; mais juste à ce moment on l'arrache de la fenêtre.

C'est un premier souvenir magnifique, qui bat de loin

tout ce que Goldstein peut bien aller pêcher au fond de sa mémoire. Mais est-ce vrai ? Pourquoi était-il à la fenêtre à regarder une rue déserte ? Est-ce qu'il a vraiment vu la voiture heurter le chien, ou a-t-il seulement entendu le chien hurler, et c'est alors qu'il s'est précipité à la fenêtre ? Est-il possible qu'il n'ait rien vu d'autre qu'un chien avec son train arrière inerte et qu'il ait inventé la voiture, le chauffard, et tout le reste de l'histoire ?

Il a un autre premier souvenir : un souvenir qui est plus fiable, mais qu'il ne raconterait jamais, et surtout pas à Greenberg et Goldstein qui iraient le claironner pour faire de lui la risée de toute l'école.

Il est assis à côté de sa mère dans un autocar. Il doit faire froid car il porte des guêtres de laine rouge et un bonnet de laine avec un pompon. Le moteur du car peine dans la côte qui monte vers le col du Swartberg, dans un paysage sauvage et désolé.

Il a dans la main un papier de bonbon. Il le tient dans la fente de la fenêtre qui est très légèrement ouverte. Le papier frissonne et claque dans le vent.

« Je le lâche ? » demande-t-il à sa mère.

Elle fait oui de la tête. Il lâche le papier.

Le bout de papier s'envole dans le ciel. En contrebas il n'y a rien que le précipice sinistre, entouré de pics glacés. Il se retourne en tordant le cou pour voir une dernière fois le papier, qui continue bravement à voler.

« Qu'est-ce qui va lui arriver ? » demande-t-il à sa mère ; mais elle ne comprend pas sa question.

Voilà l'autre premier souvenir, le souvenir secret. Il pense tout le temps à ce bout de papier, tout seul dans cette immensité, qu'il a abandonné alors qu'il n'aurait pas dû l'abandonner. Un jour il faut qu'il retourne au col du Swartberg, il faut qu'il le retrouve : c'est son devoir d'aller lui porter secours ; il n'a pas le droit de mourir avant.

Sa mère n'a que mépris pour les hommes maladroits de leurs mains, parmi lesquels elle met son père, ainsi d'ailleurs que ses propres frères, et surtout l'aîné, Roland, qui aurait pu garder la ferme s'il avait travaillé assez dur pour rembourser ses dettes, mais qui n'en a rien fait. Sur les nombreux oncles du côté de son père (il en compte huit, frères de sang de son père, et huit autres par alliance), celui qu'elle admire le plus, c'est Joubert Olivier, qui a installé une génératrice électrique à Skipperskloof, et a même appris tout seul à pratiquer les soins dentaires. (Lors d'une de ses visites à la ferme, il a eu une rage de dents. L'oncle Joubert l'a installé sur une chaise sous un arbre et, sans anesthésie, lui a passé la roulette et a rempli le trou de gutta-percha. De sa vie il n'a jamais éprouvé de douleur pareille.)

Quand des objets se cassent, des assiettes, des bibelots, des jouets, c'est sa mère qui les rafistole, avec de la ficelle, de la colle. Quand elle rattache des morceaux avec de la ficelle, les nœuds se défont parce qu'elle ne connaît rien aux nœuds. Quand elle recolle des morceaux, ça ne tient pas non plus ; elle dit que la colle ne vaut rien.

Les tiroirs de la cuisine sont pleins de clous tordus, de bouts de ficelle, de papier alu froissé en boules, de vieux timbres. « Pourquoi est-ce qu'on garde ça ? » demande-t-il. « Ça peut servir », répond-elle.

Dans ses pires moments de colère, elle vitupère tout ce qu'on apprend dans les livres. On devrait envoyer les enfants dans des établissements d'enseignement professionnel, dit-elle, et puis ensuite dans la vie active. Les études, c'est de la foutaise. Apprendre la menuiserie, l'ébénisterie, apprendre à travailler le bois, c'est ce qu'il y a de mieux. Le travail de la terre, elle en est revenue : maintenant que les fermiers sont devenus riches en un rien de temps, ils ne connaissent plus que l'oisiveté et l'ostentation.

Car le cours de la laine ne cesse de monter. D'après la

radio, les Japonais paient une livre sterling la livre pour la meilleure qualité. Les éleveurs de moutons achètent des voitures neuves et prennent des vacances à la mer. « Il faut partager un peu, maintenant que tu es si riche », dit-elle à l'oncle Son, lors d'une de leurs visites à Voëlfontein. Elle dit cela en souriant, comme si elle plaisantait, mais ce n'est pas drôle. L'oncle Son prend un air gêné et bafouille quelque chose qu'il ne saisit pas.

La ferme n'était pas destinée à l'oncle Son tout seul, lui explique sa mère : elle avait été léguée aux douze frères et sœurs à parts égales. Pour éviter de la voir vendre aux enchères, les frères et les sœurs ont accepté de vendre leurs parts à Son ; de cette vente ils ont retiré des reconnaissances de dette de quelques livres sterling chacun. Aujourd'hui, grâce aux Japonais, la ferme vaut des milliers de livres sterling. Son ne devrait pas garder cet argent pour lui, il devrait partager.

Il a honte d'entendre sa mère parler d'argent avec si peu de tact.

« Il faut que tu sois médecin ou avocat, lui dit-elle, ce sont ceux-là qui gagnent de l'argent. » Mais, d'autres fois, elle lui dit que les avocats sont tous des filous. Il ne demande pas si son père entre dans cette catégorie, son père, l'avocat qui n'a pas gagné d'argent.

Les médecins se moquent bien de leurs malades, dit-elle. Ils se contentent de vous donner des cachets à prendre. Et les médecins afrikaans sont les pires de tous, parce qu'en plus du reste ils ne sont pas compétents.

Un jour, elle dit une chose, le lendemain une autre, si bien qu'il ne sait pas ce qu'elle pense en réalité. Lui et son frère lui tiennent tête, lui montrent qu'elle se contredit. Si elle pense que les fermiers valent mieux que les avocats, pourquoi est-ce qu'elle a épousé un avocat ? Si elle pense que c'est de la foutaise d'étudier dans les livres, alors pourquoi est-ce qu'elle est institutrice ? Plus ils discutent, plus elle sourit. Elle prend un tel plaisir à voir leur adresse dans ces joutes verbales qu'elle cède sur tous les points sans presque se défendre, elle veut qu'ils aient le dessus dans la discussion.

Il ne partage pas son plaisir. Il ne trouve pas ces discussions amusantes. Il voudrait qu'elle croie en quelque chose. Ses jugements à l'emporte-pièce, prononcés dans des mouvements d'humeur, l'exaspèrent.

Quant à lui, il sera probablement prof, quand il sera grand. Ce sera sa vie, une vie de prof. C'est une vie qui semble sans grand intérêt, mais quoi faire d'autre ? Pendant longtemps il avait voulu devenir mécanicien sur une locomotive. « Qu'est-ce que tu veux faire quand tu seras grand ? » lui demandaient ses oncles et ses tantes. « Conducteur de locomotive ! » disait-il bien fort, de sa petite voix, et tout le monde souriait en hochant la tête. Maintenant il comprend que « conducteur de locomotive » c'est la réponse qu'on attend de tous les petits garçons, tout comme on attend que les petites filles disent « infirmière ». Il n'est plus un petit garçon, il appartient au monde des grandes personnes, maintenant ; il va falloir qu'il oublie ses rêves de conduire un grand cheval d'acier et qu'il envisage quelque chose de réaliste. Il est bon élève, et, autant qu'il sache, il n'est bon à rien d'autre, donc il restera à l'école, et il montera les échelons dans l'enseignement. Un jour, peut-être, il deviendra même inspecteur. De toute façon, il ne travaillera jamais dans un bureau : il ne pourrait pas supporter de travailler du matin au soir avec deux semaines de congé par an.

Et quel genre de prof sera-t-il ? L'image qu'il se fait de lui-même n'est pas bien claire. Il voit une silhouette en veste de sport et pantalon de flanelle grise (c'est comme ça que les hommes profs semblent s'habiller) qui marche dans un couloir avec des livres sous le bras. Ce n'est qu'une image fugitive, qui s'évanouit très vite. Il ne voit pas le visage.

Il espère bien que, le moment venu, il ne sera pas nommé

dans un endroit comme Worcester. Mais Worcester est peut-être un purgatoire et il faut en passer par là. C'est peut-être à Worcester qu'on envoie les gens pour qu'ils fassent leurs preuves.

Un jour, on leur donne une rédaction à faire en classe : « Ce que je fais le matin. » Ils sont censés raconter ce qu'ils font avant de partir pour l'école. Il sait très bien ce qu'on attend de lui : il faut dire qu'il fait son lit, qu'il fait la vaisselle du petit déjeuner, qu'il prépare les sandwiches qu'il emporte à l'école. Il ne fait rien de tout cela – sa mère le fait pour lui –, mais il ment assez bien pour donner le change. Cependant il va trop loin quand il se met à décrire comment il fait ses chaussures. Il n'a jamais fait ses chaussures de sa vie. Dans sa rédaction, il explique qu'on commence avec une brosse pour débarrasser les chaussures de la poussière, après quoi on étale le cirage. Mlle Oosthuizen met un gros point d'exclamation bleu dans la marge en face du passage où il parle de la brosse. Il est mortifié, et il prie le ciel qu'elle ne le fasse pas venir devant toute la classe pour lire sa rédaction. Ce soir-là, il regarde bien comment sa mère s'y prend pour faire ses chaussures, pour ne pas se tromper la prochaine fois.

Il laisse sa mère faire ses chaussures, comme il lui laisse faire à sa place tout ce qu'elle veut faire. La seule chose qu'il ne veut plus lui laisser faire est d'entrer dans la salle de bains quand il est nu.

Il sait qu'il est menteur, que c'est mal, mais il ne change pas. Il ne change pas, parce qu'il ne veut pas changer. Ce qui le rend différent des autres garçons de son âge est peut-être lié à sa mère, et à sa famille anormale, mais c'est aussi lié à son habitude de mentir. S'il arrêtait de mentir, il faudrait qu'il fasse ses chaussures, qu'il parle poliment et qu'en tout il soit comme les garçons normaux. Et alors, il ne serait plus lui-même. Et s'il n'était plus lui-même, à quoi cela rimerait-il de vivre ?

Il est menteur et, en plus, il n'a pas de cœur : menteur

pour tout le monde, en général, et sans cœur envers sa mère. Cela fait de la peine à sa mère, il le voit bien, de le sentir s'éloigner d'elle en grandissant. Néanmoins, il s'endurcit le cœur, il ne faiblira pas. Sa seule excuse est qu'il est impitoyable envers lui-même aussi. Il ment, mais il ne se ment pas à lui-même.

« Quand est-ce que tu vas mourir ? » lui demande-t-il un jour, la prenant à partie, surpris de son audace.

« Je ne vais pas mourir », répond-elle. Elle parle sur un ton gai, mais quelque chose dans sa gaieté sonne faux.

« Et si tu as un cancer ? »

« On n'a un cancer que si on reçoit un coup dans la poitrine. Je n'aurai pas de cancer. Je vivrai à tout jamais. Je ne mourrai pas. »

Il sait bien pourquoi elle parle comme ça. Elle dit cela pour lui et pour son frère, pour qu'ils ne s'inquiètent pas. C'est idiot de parler comme cela, mais il lui en est reconnaissant quand même.

Il ne peut pas imaginer qu'elle mourra. Elle est ce qu'il y a de plus solide dans sa vie. Elle est le roc sur lequel il se tient. Sans elle, il ne serait rien.

Elle protège ses seins avec soin contre tous les chocs éventuels. Son premier souvenir, avant le chien, avant le bout de papier, ce sont ses seins blancs. Il doit leur avoir fait mal quand il était petit, sinon elle ne les lui refuserait pas si jalousement, elle qui ne lui refuse rien d'autre.

Le cancer est ce qui effraie sa mère, la grande peur de sa vie. Quant à lui, on lui a appris à faire attention aux douleurs dans le côté et à considérer la moindre crampe comme un symptôme d'appendicite. Est-ce que l'ambulance l'amènera à l'hôpital à temps, avant que l'appendice n'éclate ? Est-ce qu'il se réveillera de l'anesthésie ? Il n'aime pas l'idée de se faire charcuter par un docteur inconnu. D'un autre côté, ça serait bien d'avoir une cicatrice à montrer. Quand on leur distribue des cacahuètes et des raisins secs à la récréation, il souffle sur les cacahuètes pour enlever les fines pellicules rouges qui les enveloppent et qui, à ce qu'on dit, s'amassent dans l'appendice et y pourrissent.

Il est absorbé par ses collections. Il collectionne les timbres. Il collectionne les soldats de plomb. Il collectionne les cartes – cartes représentant des joueurs de cricket australiens, des joueurs de football anglais, des voitures du monde entier. Pour avoir des cartes, il faut acheter des paquets de cigarettes en nougat et sucre glace, avec un bout rose. Il a toujours les poches pleines de vieilles cigarettes collantes qu'il a oublié de manger.

Il passe des heures à jouer au Meccano, et montre bien à sa mère que lui aussi est adroit de ses mains. Il construit un moulin avec un système d'engrenage avec double poulie qui entraîne les ailes à une telle vitesse qu'on sent l'air qu'elles déplacent dans la pièce.

Il tourne dans le jardin de derrière au petit trot en lançant en l'air une balle de cricket qu'il rattrape sans changer d'allure. Quelle est la trajectoire réelle de la balle ? Est-ce qu'elle monte et retombe en ligne droite, comme il la voit, ou est-ce qu'elle monte et redescend selon une trajectoire ondulante comme la verrait un observateur immobile ? Quand il parle à sa mère de choses comme cela, il voit dans ses yeux une expression de détresse : elle sait que ces choses-là sont importantes, et elle veut comprendre le phénomène, mais elle n'en est pas capable. Pour sa part, il voudrait bien qu'elle s'intéresse aux choses parce qu'elles sont intéressantes et pas seulement parce qu'elles l'intéressent, lui.

Quand il y a quelque chose d'ordre pratique à faire, et qu'il ne sait pas le faire, et qu'elle ne sait pas le faire non plus, réparer un robinet qui fuit, par exemple, elle fait venir un Métis, n'importe lequel, le premier qui passe dans la rue. Mais pourquoi donc, demande-t-il, exaspéré, est-ce qu'elle a une telle confiance dans les Métis ? Parce qu'ils ont l'habitude de travailler de leurs mains, répond-elle.

*Parce qu'*ils ne sont pas allés à l'école, *parce qu'*ils n'ont pas appris dans les livres, ils savent comment les choses marchent, semble-t-elle dire.

C'est vraiment bête de croire ça, surtout quand il s'avère que ces inconnus n'ont pas la moindre idée de la façon dont on répare un robinet ou une cuisinière. Et pourtant c'est tellement différent de ce que tout le monde croit, c'est tellement excentrique comme idée que, malgré lui, il trouve cela touchant. Il préfère encore voir sa mère attendre monts et merveilles des Métis, plutôt que de n'en attendre rien du tout.

Il passe sa vie à essayer de comprendre sa mère. Les juifs sont des exploiteurs, dit-elle ; pourtant elle préfère les médecins juifs parce qu'ils savent ce qu'ils font. Les Métis sont le sel de la terre, dit-elle, mais elle et ses sœurs n'arrêtent pas de déblatérer sur les faux Blancs qui cachent leurs origines métisses. Il n'arrive pas à comprendre comment elle peut croire en même temps à des choses contradictoires. Mais, au moins, elle croit en quelque chose. Et ses frères aussi. Son frère Norman croit aux prophéties de Nostradamus qui annoncent la fin du monde ; il croit aux soucoupes volantes qui atterrissent en pleine nuit et enlèvent les gens. Il n'imagine pas son père ou la famille de son père en train de discuter de la fin du monde. Leur unique préoccupation dans la vie est d'éviter toute discussion, de ne blesser personne, d'être toujours aimables ; à côté de la famille de sa mère, ils sont bien gentils et ennuyeux.

Il est trop proche de sa mère, sa mère est trop proche de lui. Voilà pourquoi, malgré la chasse et toutes les autres activités « d'homme » qu'il a à la ferme, la famille de son père ne l'a jamais vraiment accueilli dans son sein. Sa grand-mère a peut-être été trop dure en refusant de les prendre tous les trois sous son toit en 1944, alors qu'ils n'avaient que la demi-solde d'un caporal pour vivre, et qu'ils étaient trop pauvres pour s'acheter du beurre ou du thé, mais elle voyait juste. La famille, sous la houlette de sa grand-mère, a percé le secret du 12, avenue des Peupliers, qui est que l'aîné des enfants tient la première place dans la maison, le deuxième la deuxième, et l'homme, le mari, le père, la dernière. Ou bien sa mère ne veut même pas se donner la peine de cacher le secret à la famille, ou bien son père est allé se plaindre aux siens en douce. Ils ressentent cette perversion de l'ordre naturel comme une insulte portée à leur fils et à leur frère, et donc à eux tous. Ils condamnent cet état de choses et, sans se montrer discourtois, ils ne cachent pas leur désaveu.

Quelquefois, quand sa mère se dispute avec son père et qu'elle cherche à marquer des points, elle se plaint amèrement d'être traitée avec froideur par sa belle-famille. Mais, la plupart du temps – pour son fils, car elle sait ce que représente la ferme dans sa vie, et parce qu'elle n'a rien à offrir à la place –, elle s'efforce d'entrer dans leurs bonnes grâces par des moyens qu'il trouve de mauvais goût. Les efforts qu'elle fait vont de pair avec ses plaisanteries sur l'argent qui ne sont pas des plaisanteries du tout. Elle n'a aucune fierté. On pourrait dire qu'elle est prête à faire n'importe quoi pour lui.

Il voudrait qu'elle soit normale. Si elle, elle était normale, il pourrait être normal aussi.

C'est la même chose avec ses deux sœurs. Elles ont chacune un enfant, un fils qu'elles couvent et étouffent de leur sollicitude. Son cousin Juan de Johannesburg est son meilleur ami : ils s'écrivent, ils attendent avec impatience le moment des vacances qu'ils passent ensemble à la mer. Néanmoins il n'aime pas voir Juan obéir à la lettre d'un air penaud aux instructions de sa mère, même quand elle n'est pas derrière son dos. Des quatre fils, il est le seul à n'être pas totalement sous la coupe de sa mère. Lui, il a réussi à s'échapper, ou à s'échapper à moitié : il s'est fait des copains, des copains à lui, il part sur son vélo sans dire où il va ni quand il va rentrer. Ses cousins et son frère n'ont pas de copains. Il les trouve insignifiants, timorés, toujours à la maison sous l'œil farouche de leurs mères. Son père appelle les trois sœurs-mères les trois sorcières. « Double, double peine et trouble », dit-il, en citant *Macbeth.* Et lui prend un plaisir mauvais à partager ce sentiment.

Les jours où sa vie à Reunion Park la rend encore plus amère que d'habitude, sa mère dit qu'elle regrette de ne pas avoir épousé Bob Breech. Il ne la prend pas au sérieux. Mais, en même temps, il ne peut en croire ses oreilles. Si elle avait épousé Bob Breech, où est-ce qu'il serait, lui ? Qui serait-il ? Serait-il l'enfant de Bob Breech ? Est-ce que l'enfant de Bob Breech, ce serait lui ?

Il ne reste qu'un seul document prouvant qu'un Bob Breech a réellement existé. Il tombe dessus par hasard dans l'un des albums de sa mère : c'est une photo floue de deux hommes jeunes en pantalon blanc et blazer sombre, debout sur une plage, se tenant par les épaules, plissant les yeux face au soleil. Il reconnaît l'un des deux : c'est le père de Juan. Qui est l'autre, demande-t-il à sa mère, mine de rien. Bob Breech, répond-elle. Où est-il maintenant ? Il est mort, dit-elle.

Il scrute le visage de ce Bob Breech qui est mort. Il n'y retrouve rien de lui-même.

Il ne cherche pas à en savoir plus. Mais en écoutant bien les sœurs, en rapprochant les bribes saisies ici et là, il apprend que Bob Breech est venu en Afrique du Sud pour des raisons de santé ; au bout d'un an ou deux, il est reparti en Angleterre. Il est mort de la tuberculose, mais on laisse entendre qu'une peine de cœur aurait hâté sa fin, un cœur brisé par la jeune institutrice, aux yeux et aux cheveux bruns, à l'air circonspect, qu'il avait rencontrée à Plettenberg Bay et qui n'avait pas voulu l'épouser.

Il adore feuilleter ces albums de photos. Même si les photos sont floues, il n'a aucune peine à trouver sa mère dans un groupe : c'est celle qui a cet air timide, sur ses gardes, où il retrouve en version féminine l'expression de son propre visage. De page en page, dans ces albums, il la suit au cours des années vingt et des années trente : d'abord les équipes de sport (le hockey et le tennis) ; puis les photos de son voyage en Europe : l'Écosse, la Norvège, la Suisse, l'Allemagne, Édimbourg, les fjords, les Alpes, Bingen-sur-le-Rhin. Parmi les souvenirs rapportés, il y a un stylo mine de Bingen ; on peut regarder par un petit trou sur le côté et on voit un château perché en haut d'une falaise.

Il leur arrive de regarder les albums de photos ensemble, lui et elle. En soupirant elle dit qu'elle voudrait bien revoir l'Écosse, les bruyères et les campanules. Il se dit : elle avait une vie à elle avant ma naissance. Il s'en réjouit pour elle, puisqu'elle n'a plus ce qui s'appelle une vie, maintenant.

L'Europe qu'elle a vue est une Europe bien différente de l'Europe de l'album de photos de son père, où des Sud-Africains en uniforme kaki posent devant les Pyramides d'Égypte ou sur le fond de villes italiennes en ruine. Mais, dans cet album-là, il s'attarde moins sur les photos que sur les tracts qui se trouvent parmi elles, les tracts lâchés par des avions allemands sur les lignes des Alliés. L'un de ces tracts explique aux soldats comment faire monter leur température (il suffit de manger du savon) ; un autre montre une belle fille en train de boire du champagne sur les genoux d'un gros juif qui a un nez crochu. « Savez-vous ce que fait votre femme ce soir ? » dit la légende. Et puis il y a l'aigle de porcelaine bleue que son père a trouvé dans les décombres d'une maison à Naples et qu'il a rapporté dans son paquetage, c'est l'aigle impérial qui est aujourd'hui sur le bureau dans la salle de séjour.

Il est extrêmement fier du passé de soldat de son père pendant la guerre. Il est surpris – et tire satisfaction – de voir que fort peu de ses copains ont un père qui a fait la guerre. Pourquoi son père n'est arrivé qu'au grade de caporal, il ne sait pas trop. Il passe sous silence le grade de caporal quand il raconte les aventures de son père à ses copains. Mais il adore la photo, prise chez un photographe du Caire, où on voit son père, séduisant comme tout, qui ferme un œil pour regarder dans le viseur d'un fusil, les cheveux bien peignés, le béret passé de façon réglementaire sous son épaulette. Si ça ne tenait qu'à lui, cette photo serait aussi sur le manteau de la cheminée.

Son père et sa mère ne sont pas d'accord à propos des Allemands. Son père aime les Italiens (ils allaient au combat à contrecœur, dit-il : tout ce qu'ils voulaient, c'était se rendre et rentrer chez eux), mais il hait les Allemands. Il raconte l'histoire d'un Allemand qui a été abattu alors qu'il était aux latrines. Quelquefois, dans l'histoire, c'est lui qui a abattu l'Allemand, et d'autres fois c'est un de ses compagnons ; qu'il donne l'une ou l'autre version, il n'exprime jamais la moindre pitié, mais s'amuse fort de l'embarras de l'Allemand qui essayait de lever les mains et de remonter son pantalon en même temps.

Sa mère sait qu'il vaut mieux ne pas chanter les louanges des Allemands trop ouvertement, mais parfois, quand lui et son père se mettent tous les deux contre elle, elle perd toute retenue. « Il n'y a pas mieux que les Allemands, dit-elle alors. C'est cet horrible Hitler qui les a entraînés dans tous ces malheurs. »

Son frère Norman n'est pas de cet avis. « C'est Hitler qui a rendu aux Allemands leur fierté », dit-il.

Sa mère et Norman ont voyagé dans toute l'Europe dans les années trente : pas seulement en Norvège et dans les Highlands d'Écosse, mais aussi en Allemagne, dans l'Allemagne d'Hitler. Leur famille, les Brecher, les du Biel, est originaire d'Allemagne, ou du moins de Poméranie, qui fait maintenant partie de la Pologne. Est-ce que c'est bien d'être originaire de Poméranie ? Il ne sait pas trop. Mais au moins, il sait d'où il sort.

« Les Allemands ne voulaient pas se battre contre les Sud-Africains, dit Norman. Ils les aiment, les Sud-Africains. Sans Smuts, nous ne serions jamais partis en guerre contre les Allemands. Smuts n'était qu'un *skelm*, un filou. Il nous a vendus aux Anglais. »

Son père et Norman ne s'aiment pas. Quand son père s'en prend à sa mère, lorsqu'ils se disputent, tard le soir, dans la cuisine, il lui envoie des vannes sur son frère qui ne s'est pas engagé dans l'armée, mais qui est allé défiler avec l'Ossewabrandwag. « C'est des mensonges ! soutient-elle avec colère. Norman n'était pas de l'Ossewabrandwag. Tu n'as qu'à le lui demander toi-même. »

Quand il demande à sa mère ce que c'est que l'Ossewabrandwag, elle lui dit que c'est une bêtise, des gens qui défilaient dans les rues avec des flambeaux.

Norman a les doigts de la main droite jaunes de nicotine. Il habite une chambre d'hôtel à Pretoria depuis des années. Il gagne sa vie en vendant une brochure sur le jiu-jitsu, qu'il a écrite lui-même, et dont il fait la publicité dans les petites annonces du *Pretoria News*. « L'art de l'autodéfense à la japonaise en six leçons », dit l'annonce. Les gens lui envoient des mandats de dix shillings et il leur adresse la brochure : une page pliée en quatre avec des croquis des diverses prises. Quand le jiu-jitsu ne rapporte pas assez d'argent, il vend des terrains pour le compte d'une agence immobilière qui lui verse une commission. Il traîne au lit jusqu'à midi tous les jours, à boire du thé, à fumer et à lire les petits romans que publient *Argosy* et *Lilliput*. L'après-midi, il joue au tennis. En 1938, il y a douze ans, il a été champion de Western Province en simple messieurs. Il espère toujours aller jouer à Wimbledon, en double, s'il arrive à trouver un partenaire.

A la fin de son séjour, avant de repartir pour Pretoria, Norman le prend à part et lui glisse un billet de dix shillings dans la poche de sa chemisette. « Tu t'achèteras des glaces », dit-il à voix basse : chaque année ce sont exactement les mêmes mots. Il aime bien Norman, pas seulement pour le cadeau qu'il fait – dix shillings, c'est beaucoup d'argent –, mais parce qu'il n'oublie pas, il n'oublie jamais.

Son père préfère l'autre frère, Lance, l'instituteur de Kingwilliamstown, qui lui s'est engagé au moment de la guerre. Et puis il y a le troisième frère, l'aîné, celui qui a perdu la ferme, mais personne ne parle de lui, sauf sa mère. « Ce pauvre Roland », dit-elle dans un murmure, en secouant la tête. Roland a épousé une femme qui se fait appeler Rosa Rakosta et se dit fille d'un comte polonais en exil, mais qui s'appelle en réalité, d'après Norman, Sophie Pretorius. Norman et Lance détestent Roland à cause de l'histoire de la ferme, et ils le méprisent parce que Sophie le mène par le bout du nez. Roland et Sophie tiennent une pension de famille au Cap. Il y est allé une fois, avec sa mère. Sophie s'est révélée être une grosse blonde qui était encore en peignoir de satin à quatre heures de l'après-midi, et qui fumait des cigarettes avec un fume-cigarette ; Roland est un homme qui ne fait pas de bruit, il a un visage triste et un nez rouge bourgeonnant à la suite du traitement au radium qui l'a guéri du cancer.

Il aime bien quand son père, sa mère et Norman se lancent dans des discussions politiques. Ça lui plaît de les entendre tenir des propos passionnés et dire n'importe quoi dans le feu de la discussion. Il s'aperçoit avec étonnement que c'est avec son père qu'il est d'accord, alors que c'est bien le dernier qu'il souhaite entendre avoir le dessus : les Anglais étaient les bons et les Allemands les méchants, Smuts était un bon et les Nats sont les méchants.

Son père aime le United Party, son père aime le cricket et le rugby, et pourtant il n'aime pas son père. Il ne comprend pas cette contradiction, mais cela ne l'intéresse pas d'essayer de comprendre. Avant même qu'il ne connaisse son père, c'est-à-dire avant que son père ne revienne de la guerre, il avait déjà décidé qu'il ne l'aimerait pas. En un sens, donc, son aversion est tout abstraite : il ne veut pas d'un père, ou du moins d'un père qui habite sous le même toit.

Ce qu'il déteste le plus chez son père, ce sont ses sales

petites manies. Il les déteste si fort que rien que d'y penser, il a des frissons de dégoût : le matin, dans la salle de bains, il se mouche à grand bruit ; quand il en sort, il laisse la pièce embuée, saturée de l'odeur du savon Lifebuoy, et une trace de mousse mêlée de poils de barbe dans le lavabo. Mais, plus que tout, il déteste l'odeur de son père. Par ailleurs, et à son corps défendant, il aime sa façon de s'habiller avec recherche, le foulard bordeaux qu'il porte au lieu d'une cravate le samedi matin, sa silhouette svelte, son pas alerte, ses cheveux lissés au Brylcreem. Lui aussi se met du Brylcreem pour essayer de se plaquer les cheveux.

Il n'aime pas aller chez le coiffeur, à tel point qu'il essaie même, avec un résultat dont il n'a pas lieu d'être fier, de se couper les cheveux lui-même. Les coiffeurs de Worcester semblent s'être tous donné le mot : ils ont décidé que les garçons auraient les cheveux courts. La séance commence aussi brutalement que possible avec la tondeuse électrique qui court comme une faux sur sa nuque et sur les côtés de la tête ; cela se poursuit dans l'impitoyable cliquetis des ciseaux jusqu'à ce qu'il ne lui reste plus sur le crâne qu'une brosse drue, et, avec de la chance, une mèche pour tout juste sauver la face. L'opération n'est pas même terminée qu'il est déjà mort de honte ; il paie son shilling et rentre tout droit à la maison, redoutant de retourner à l'école le lendemain, redoutant les moqueries rituelles qui ne manquent jamais d'accueillir celui qui vient de se faire couper les cheveux. Il y a les bonnes coupes de cheveux et les coupes de cheveux qu'on subit à Worcester, marquées de la vindicte des coiffeurs ; il ne sait pas où il faut aller, ce qu'il faut faire ou demander, ni combien il faut payer, pour avoir une bonne coupe de cheveux.

Six

Il va au cinéma tous les samedis après-midi, mais les films n'ont plus sur lui l'effet captivant qu'ils avaient au Cap ; dans ses cauchemars alors il se voyait écrasé sous des ascenseurs ou précipité du haut de falaises comme les héros des films à épisodes. Il ne voit pas pourquoi tout le monde trouve qu'Errol Flynn, qui a exactement la même allure, qu'il joue Robin des Bois ou Ali Baba, est un grand acteur. Il en a assez des poursuites à cheval ; c'est toujours pareil. Le gros comique des Three Stooges commence à lui sembler bête. Et cela devient difficile de croire à Tarzan, quand l'acteur qui fait Tarzan change de film en film. Le seul film qui le marque est un film où Ingrid Bergman monte dans un wagon où il y a une épidémie de variole, et meurt. Ingrid Bergman est l'actrice préférée de sa mère. Est-ce que c'est comme ça dans la vie : est-ce que sa mère pourrait mourir d'un moment à l'autre, rien que parce qu'elle n'a pas lu une pancarte sur la fenêtre d'un compartiment ?

Il y a aussi la radio. Il est trop grand maintenant pour la demi-heure des enfants, mais il reste fidèle aux feuilletons : Superman, tous les jours à cinq heures (Et hop ! on s'envole !), et à cinq heures et demie, c'est Mandrake le Magicien. Son histoire préférée est *The Snow Goose* de Paul Gallico que la chaîne de programmes en anglais ne cesse de rediffuser à la demande des auditeurs. C'est l'histoire d'une oie sauvage qui ramène les bateaux des plages de Dunkerque jusqu'à Douvres. Il a les larmes aux yeux en écoutant. Un jour il veut se montrer aussi loyal que la belle oie sauvage.

La radio donne une adaptation dramatique de *L'Île au trésor*, au rythme d'un épisode d'une demi-heure par semaine. Il a *L'Île au trésor* ; c'est un de ses livres. Mais il était trop jeune quand il l'a lu et il n'a pas bien compris l'histoire de l'aveugle et « la tache noire », et il n'a pas réussi à savoir si John Silver était un bon ou un méchant. Maintenant, après chacun des épisodes à la radio, il a des cauchemars où il voit John Silver tuer les gens avec sa béquille, où il le voit feindre une affectueuse sollicitude pour Jim Hawkins. Il voudrait que le chevalier Trelawney tue John Silver au lieu de le laisser partir : il est sûr qu'un jour avec ses mutins sans foi ni loi il reviendra pour se venger, comme il revient dans ses rêves.

Le *Robinson suisse* est beaucoup plus rassurant. Il a ce livre aussi dans une belle édition avec des illustrations en couleur. L'image qu'il préfère est celle où on voit le bateau sur son ber sous les arbres, ce bateau que la famille a construit avec les outils récupérés dans l'épave et qui doit les ramener chez eux avec tous leurs animaux, comme l'Arche de Noé. Quel plaisir, comme quand on se plonge dans un bain chaud, d'abandonner l'île au trésor et d'entrer dans le monde de la famille suisse ! Là il n'y a pas de méchants frères, pas de pirates assoiffés de sang ; dans cette famille tous travaillent dans la joie, sous l'autorité d'un père sage et fort (sur les images il a un torse puissant et une longue barbe châtain clair) et qui, dès le premier instant, sait ce qu'il faut faire pour les sauver. La seule chose qui l'intrigue c'est pourquoi, alors qu'ils se trouvent si bien sur l'île et qu'ils sont si heureux, ils tiennent tant à partir.

Il a un troisième livre : *Scott et l'Antarctique*. Le capitaine Scott est indiscutablement l'un de ses grands héros. C'est pour cela qu'on lui a offert le livre. Il y a des photos, dont une où Scott est assis en train d'écrire dans la tente où il devait plus tard mourir de froid. Il regarde souvent les photos mais il n'avance pas beaucoup dans la lecture du livre : c'est ennuyeux, il n'y a pas d'histoire. Il aime seulement le passage sur Titus Oates, celui qui a des engelures, et qui, pour ne pas retenir ses compagnons, part dans la nuit, dans la neige et la glace, et périt, en silence, sans faire de drame. Il espère qu'il se montrera de la même trempe que Titus Oates un jour.

Une fois par an le cirque Boswell vient à Worcester. Tous les garçons de sa classe y vont ; et pendant une semaine on ne parle que du cirque. Même les petits Métis y vont, d'une certaine manière : ils traînent autour du chapiteau pendant des heures, ils écoutent l'orchestre et ils essaient de voir le spectacle par les trous entre les pans de la tente.

Ils font le projet d'y aller le samedi après-midi, pendant que son père joue au cricket. Sa mère en fait une sortie pour tous les trois. Mais arrivée à la caisse, elle est stupéfaite de voir le prix exorbitant des billets pour la matinée du samedi : deux shillings six pour les enfants, cinq shillings pour les adultes. Elle n'a pas assez d'argent sur elle. Elle prend des billets pour lui et pour son frère. « Allez-y, je vous attends ici », dit-elle. Lui ne veut pas y aller, mais elle insiste.

Une fois dedans, il est malheureux, rien ne l'amuse ; et il lui semble bien que c'est la même chose pour son frère. Quand ils sortent à la fin du spectacle, elle est toujours là. Pendant des jours et des jours après ce samedi, il ne peut chasser cette image de sa mère qui attend patiemment dans la chaleur accablante de décembre, pendant que lui, sous le chapiteau se fait divertir comme un roi. Son abnégation, son amour aveugle, total, pour lui et son frère, mais pour lui en particulier, le met mal à l'aise. Il voudrait qu'elle ne l'aime pas tant. Elle l'aime de façon absolue, il faut donc qu'il l'aime de façon absolue : voilà la logique qu'elle lui impose. Jamais il ne pourra la payer de retour pour ces torrents d'amour qu'elle déverse sur lui. L'idée d'avoir toute sa vie à porter le fardeau d'une dette d'amour le laisse interdit et le met en rage au point qu'il ne veut pas l'embrasser, refuse de se laisser toucher par elle. Quand elle se détourne en silence, ulcérée, il endurcit son cœur contre elle résolument, et se refuse à céder.

Parfois, dans ses moments d'amertume, elle se tient de longs discours dans lesquels elle compare la vie qu'elle a dans ce lotissement ingrat avec la vie qu'elle menait avant son mariage : l'image qu'elle en donne est une suite ininterrompue de soirées et de pique-niques, de week-ends en visite dans une ferme ou une autre, de tennis, de golf, de promenades avec ses chiens. Elle parle d'une voix basse, dans un long chuchotement où ne se distinguent que les sifflantes : lui, dans sa chambre, et son frère dans la sienne tendent l'oreille, et elle doit bien le savoir. C'est une autre raison pour laquelle son père dit que c'est une sorcière : elle marmonne toute seule des formules pour jeter des sorts.

La vie idyllique qu'elle avait à Victoria West est illustrée par les photos des albums : sa mère, avec d'autres femmes en longues robes blanches, raquettes de tennis à la main, debout en plein veld, semble-t-il, sa mère le bras passé sur le cou d'un chien, un berger allemand.

« C'était ton chien ? » demande-t-il.

« C'est Kim. Le meilleur chien que j'aie eu. Le plus fidèle. »

« Qu'est-ce qu'il est devenu ? »

« Il a mangé de la viande empoisonnée que les fermiers destinaient aux chacals. Il est mort dans mes bras. »

Elle a les larmes aux yeux.

A partir du moment où son père apparaît dans l'album, il n'y a plus de chiens. Maintenant il les voit tous les deux à des pique-niques avec leurs amis de l'époque, ou c'est son père avec sa petite moustache soigneusement taillée et son air sûr de lui, qui pose appuyé sur le capot d'une voiture noire d'un modèle qu'on ne voit plus. Et puis arrivent les photos de lui-même, il y en a tant et plus, après la première qui montre un bébé potelé, au visage sans expression, tenu à bout de bras vers l'objectif par une femme brune au regard passionné.

Dans toutes ces photos, même les photos avec le bébé, il s'étonne de voir combien sa mère a l'air d'une toute jeune fille. Son âge est un mystère qui ne cesse de l'intriguer. Elle ne veut pas le lui dire, son père fait comme s'il ne le savait pas, et on dirait que même ses frères et sœurs ont juré de garder le secret. Pendant qu'elle n'est pas là, il fouille parmi les papiers dans le tiroir du bas de sa coiffeuse, à la recherche d'un acte de naissance, mais il ne trouve rien. D'après une remarque qui lui a échappé, il sait qu'elle est plus vieille que son père qui est né en 1912 ; mais plus vieille de combien ? Arbitrairement, il la fait naître en 1910. Cela veut dire qu'elle avait trente ans quand il est né et qu'elle a maintenant quarante ans. « Tu as quarante ans ! » lui dit-il un jour d'un air de triomphe, à l'affût du moindre signe qui montrerait qu'il a raison. Elle a un sourire mystérieux. « J'ai vingt-huit ans », dit-elle.

Leur anniversaire tombe le même jour. Il est né le jour de l'anniversaire de sa mère. Cela veut dire, comme elle le lui a dit, et comme elle le dit à tout le monde, qu'il est un don de Dieu.

Il ne l'appelle pas mère, ou maman, mais Dinny. Son père et son frère aussi. D'où lui vient ce nom-là ? Il semble que personne n'en sache rien ; mais ses frères et ses sœurs l'appellent Vera ; le surnom ne lui vient donc pas de son enfance. Il faut qu'il fasse attention de ne pas l'appeler Dinny devant des tiers, de même qu'il doit se garder d'appeler son oncle et sa tante Norman et Ellen tout court, plutôt qu'oncle Norman et tante Ellen. Mais dire oncle et tante, comme un bon petit, docile et normal, n'est rien à côté des circonlocutions qui s'emploient en afrikaans. Les Afrikaners ont peur de dire *tu* à quelqu'un de plus âgé. Il se moque des périphrases de son père : « *Mammie moet 'n kombers oor Mammie se knieë trek anders word Mammie koud* », maman devrait mettre une couverture sur les genoux de maman, sinon maman va avoir froid. Il est bien content de ne pas être afrikaans, cela le dispense de parler comme ça, comme un esclave qu'on bat.

Sa mère décide d'avoir un chien. Les bergers allemands, ce sont les meilleurs chiens, les plus intelligents, les plus fidèles. Seulement il n'y a pas de berger allemand à vendre. Alors ils se rabattent sur un chiot, à moitié doberman, à moitié corniaud. Il tient absolument à être celui qui lui donnera un nom. Il voudrait l'appeler Borzoï parce qu'il veut que ce soit un chien russe, mais comme ce n'est pas réellement un borzoï, il l'appelle Cosaque. Personne ne comprend. Les gens croient que le nom est *kos-sak*, sac à viande, et ils trouvent cela amusant.

Cosaque se révèle être un chien tout fou, désobéissant, qui cavale dans tout le quartier, piétine les plates-bandes dans les jardins, court après les poulets. Un jour, le chien le suit jusqu'à l'école. Il n'y a pas moyen de lui faire rebrousser chemin : quand il crie et qu'il lui jette des pierres, le chien s'éloigne, l'oreille basse, la queue entre les jambes ; mais dès qu'il remonte sur son vélo, le chien se remet à lui courir derrière. Pour finir, il est obligé de le ramener à la maison en le traînant par le collier tout en poussant son vélo de l'autre main. Il arrive à la maison fou de rage et refuse de retourner à l'école, puisqu'il est en retard.

Cosaque n'est pas encore tout à fait adulte quand il avale du verre pilé que quelqu'un a laissé quelque part à son intention. Sa mère lui donne des lavements pour essayer de lui faire évacuer le verre, mais en vain. Le troisième jour, alors que le chien reste couché sur le flanc, sans bouger, haletant, et ne veut même pas lui lécher la main, elle l'envoie chez le pharmacien chercher un médicament nouveau que quelqu'un lui a recommandé. Il fait l'aller retour à toutes jambes, mais quand il revient, il est trop tard. Sa mère a les traits tirés et une expression distante, elle ne veut même pas lui prendre des mains le flacon qu'il rapporte.

Il aide à enterrer Cosaque, enveloppé dans une couverture, dans le sol d'argile au fond du jardin. Sur la tombe il dresse une croix sur laquelle il a peint le nom « Cosaque ». Il ne veut plus qu'ils aient de chien, pas s'ils doivent avoir une mort pareille.

Son père joue au cricket pour Worcester. De cela aussi il devrait pouvoir tirer gloire. Cela devrait être une autre source de fierté. Son père est avocat, ce qui est presque aussi bien que médecin ; il a fait la guerre ; il jouait autrefois au rugby pour une équipe du Cap ; il joue au cricket. Mais chaque point de cette liste appelle une précision qui est cause de gêne. Il est avocat, mais il n'a plus de cabinet. Il a été soldat mais il n'était que caporal. Il a joué au rugby, mais il jouait pour la moins bonne équipe de Gardens, et personne ne prend Gardens au sérieux, ils sont toujours bon derniers au Grand Challenge. Et voilà que maintenant il joue au cricket, mais pour la deuxième équipe de Worcester, et personne ne se dérange pour aller voir les matchs.

Son père est un lanceur, pas un batteur. Il y a quelque chose qui ne va pas dans la façon dont il lève sa batte ; de plus, il détourne les yeux quand il reçoit des balles rapides. L'idée qu'il se fait du travail à la batte semble se limiter à avancer la batte vers la balle, et si par bonheur la balle vient rebondir doucement sur le bois, il fait une longueur de terrain sans se presser jusqu'au guichet d'en face.

Si son père ne vaut rien à la batte, c'est bien sûr qu'il a grandi dans le Karoo, où on ne joue pas vraiment au cricket, et où il n'y a pas moyen d'apprendre le jeu. Lancer la balle, c'est tout autre chose. C'est un don. On naît lanceur. On apprend à manier la batte.

Son père lance la balle lentement en lui donnant de l'effet. Quelquefois le batteur marque six points ; mais quelquefois aussi, en voyant la balle arriver lentement, sur une trajectoire incertaine, le batteur perd la tête : il fait un grand moulinet de sa batte, manque la balle et est mis hors jeu. Cela semble être la technique de son père : la patience et la ruse.

L'entraîneur de l'équipe de Worcester est Johnny Wardle, qui joue pour l'Angleterre durant l'été de l'hémisphère nord. C'est inespéré pour Worcester d'être l'équipe pour laquelle Johnny Wardle a choisi de jouer. On dit que Wolf Heller y est pour quelque chose, Wolf Heller et tout l'argent qu'il a.

Protégé par les filets autour de l'aire d'entraînement, il regarde avec son père Johnny Wardle servir les batteurs de la première équipe. Wardle est un petit homme insignifiant, il a le cheveu rare, couleur filasse ; en principe il sert des balles lentes, mais quand il le voit arriver au petit trot et lancer, il est surpris de la vitesse de la balle. Le batteur reçoit sans grande difficulté la balle glisse sur la batte qui l'envoie doucement dans les filets. C'est au tour d'un autre de servir, puis de nouveau c'est Wardle. Et de nouveau le batteur écarte la balle doucement sans la frapper. Le batteur n'a pas le dessus, mais le lanceur non plus.

A la fin de l'après-midi, il rentre à la maison déçu. Il s'attendait à une plus grande différence de niveau entre le lanceur d'Angleterre et les batteurs de Worcester. Il s'attendait à pouvoir observer une technique plus mystérieuse, à voir la balle faire des choses étranges en arrivant sur le batteur et, lorsque la batte la frappait, la voir comme flotter en l'air, retomber, tourner sur elle-même, comme elle devrait le faire dans un lancer amorti de grande classe, d'après les livres de cricket qu'il lit. Il ne s'attendait pas à trouver un petit homme bavard qui ne se distingue qu'en servant des balles lentes qui fendent l'air aussi vite que les plus rapides qu'il lance lui-même.

Ce qu'il cherche dans le cricket va au-delà de ce que Johnny Wardle a à offrir. Le cricket, ça doit être comme Horace et les Étrusques, ou comme Hector et Achille. Si Hector et Achille n'étaient que deux hommes qui se pourfendent avec des épées, l'histoire n'aurait aucun intérêt. Mais justement ce ne sont pas deux hommes ordinaires : ce sont des héros formidables dont les noms sont passés dans la légende. Il est bien content d'apprendre qu'à la fin de la saison en Afrique du Sud Wardle n'est pas repris par l'équipe d'Angleterre.

Wardle sert, cela va de soi, avec une balle de cuir. Il n'a pas l'habitude de la balle de cuir : avec ses copains, il joue avec ce qu'ils appellent une balle de liège, en fait un aggloméré de matière dure et grise à l'épreuve des cailloux qui mettent à mal les piqûres d'une balle de cuir. Debout derrière le filet, il regarde Wardle servir et, pour la première fois, il entend l'étrange sifflement de la balle de cuir quand elle arrive sur le batteur.

Il a sa première occasion de jouer sur un vrai terrain de cricket. Un match entre deux équipes de l'école primaire est organisé un mercredi après-midi. Le vrai cricket, cela veut dire de vrais guichets, de part et d'autre d'un vrai terrain entre les deux batteurs, et on n'a pas à se disputer pour avoir un tour à la batte.

C'est son tour à la batte. La jambe gauche protégée par une jambière, la batte de son père, qui est bien trop lourde pour lui, à la main, il s'avance vers le milieu du terrain. Il est surpris de voir comme le terrain est vaste. C'est un grand espace où on se sent tout seul : les spectateurs sont si loin que c'est comme s'ils n'existaient pas.

Il prend sa place sur la bande de terrain passée au rouleau et recouverte d'un tapis de sisal vert, et il attend la balle. C'est ça le cricket. On appelle ça un jeu, mais pour lui cela a plus de réalité que la vie à la maison, plus de réalité même que l'école. Dans ce jeu, on ne peut pas faire semblant, c'est sans merci, on a une chance et une seule. Ces autres garçons, dont il ne connaît pas les noms, sont tous contre lui. Il n'ont qu'une idée en tête : rendre le plaisir qu'il éprouve ici le plus court possible. Ils n'auront pas l'ombre d'un remords quand il sera mis hors jeu. Au milieu de cette arène immense, il est à l'épreuve, seul contre onze, avec personne pour le protéger.

Les joueurs de l'équipe adverse se déploient sur le terrain et prennent leurs positions de défense. Il faut qu'il se concentre mais il lui trotte dans la tête une idée agaçante qu'il n'arrive pas à chasser : c'est le paradoxe de Zénon. Avant que la flèche n'atteigne la cible, il faut qu'elle arrive à mi-course ; avant la mi-course, elle doit parcourir le quart de sa trajectoire ; et avant d'arriver au quart... Il essaie désespérément de ne plus penser à ça ; mais le fait même d'essayer de ne plus y penser l'énerve encore plus.

Le lanceur arrive en courant. Il entend bien distinctement le bruit sourd de ses deux derniers pas. Et puis, l'espace d'un instant, le seul bruit qui brise le silence et qui lui donne le frisson est ce frottement de l'air sur la balle comme elle redescend et fonce sur lui. Est-ce que c'est à cela qu'il choisit de s'exposer en jouant au cricket : cette mise à l'épreuve répétée, jusqu'à ce qu'il manque une balle qui arrive sur lui, impersonnelle, indifférente, sans merci, cherchant la faille dans sa défense, et plus vite qu'il ne l'attend, trop vite pour lui laisser le temps de rassembler ses esprits, de bien réfléchir pour décider ce qu'il faut faire ?

Et c'est alors qu'il est au beau milieu de ces réflexions, qu'il ne sait plus où il en est, que la balle arrive.

Il marque deux points, maniant sa batte dans un état de désarroi qui tourne au sombre désespoir. Il sort de cette partie en comprenant moins que jamais comment Johnny Wardle peut être si décontracté et continuer à bavarder et à plaisanter tout en jouant. Est-ce que tous les grands joueurs d'Angleterre sont comme ça : les Len Hutton, Alec Bedser, Denis Compton, Cyril Washbrook ? On ne le lui fera pas croire. Pour lui, le vrai cricket ne peut se jouer qu'en silence, dans le silence et l'appréhension, avec le cœur qui bat à grands coups, et la bouche sèche.

Le cricket n'est pas un jeu. C'est la vie dans toute sa vérité. Si, comme le disent les livres, le cricket met le caractère à l'épreuve, alors c'est une épreuve qu'il ne voit pas le moyen de réussir, et à laquelle pourtant il ne sait comment se soustraire. Quand il est devant le guichet, le secret qu'il arrive si bien à dissimuler ailleurs est implacablement fouillé et mis à jour. « Voyons un peu ce que tu as dans le ventre », dit la balle qui fend l'air en sifflant pour arriver sur lui. Comme un aveugle, sans savoir ce qu'il fait, il avance sa batte, trop tôt ou trop tard. Par-delà la batte, par-delà les jambières, la balle arrive à passer. Il est hors jeu, il a raté l'épreuve, il a été démasqué, il ne lui reste plus qu'à ravaler ses larmes, se cacher le visage et, d'un pas lourd, rejoindre les autres qui expriment leur commisération comme on le leur a appris, avec des applaudissements polis.

Sept

Sur le cadre de son vélo il y a l'emblème de British Small Arms : deux fusils croisés, ainsi que le nom de marque « Smiths-BSA ». Il a acheté le vélo d'occasion, pour cinq livres sterling, avec l'argent qu'on lui a donné pour ses huit ans. Ce vélo, c'est ce qu'il y a de plus solide dans sa vie. Quand les autres se vantent d'avoir des Raleigh, il leur répond que, lui, il a un Smiths. « Un Smiths ? Qu'est-ce que c'est que ça ? Jamais entendu parler », disent-ils.

Il n'y a rien de plus exaltant que d'être sur un vélo, de foncer sur la machine qui s'incline dans les virages. Il enfourche son Smiths pour aller à l'école tous les matins : d'abord près d'un kilomètre de Reunion Park jusqu'au passage à niveau, et puis presque deux kilomètres sur la petite route tranquille qui longe la voie. C'est les matins d'été que c'est le mieux. L'eau court en murmurant dans les canaux d'irrigation le long de la route, les colombes roucoulent dans les eucalyptus ; de temps à autre une légère rafale d'air chaud annonce le vent qui soufflera plus tard dans la journée, poussant devant elle des nuages de fine poussière rouge.

L'hiver, il fait encore nuit quand il se met en route. Son phare diffuse un halo devant lui et il pédale dans le brouillard, il en sent la douceur veloutée contre sa poitrine, il s'en emplit les poumons de grandes bouffées qu'il exhale à chaque respiration, il n'entend rien que le bruissement léger des pneus sur la route. Certains matins, le guidon est si froid que ses mains nues collent au métal.

Il essaie d'arriver à l'école en avance. Il adore être tout seul dans la salle de classe pour faire le tour des pupitres tant qu'il n'y a personne, et pour monter en douce sur l'estrade où trône le bureau de l'institutrice. Mais il n'est jamais le premier : il y a deux frères qui viennent de De Doorns ; leur père travaille aux chemins de fer et ils arrivent par le train de six heures. Ils sont pauvres, si pauvres qu'ils n'ont ni tricot, ni blazer, ni chaussures. Il y a d'autres garçons qui sont aussi pauvres qu'eux, surtout dans les classes afrikaans. Même les matins où il gèle, ils viennent à l'école en chemisettes de coton et en culottes courtes qui leur sont bien trop petites, et leurs cuisses grêles sont tellement serrées dans l'étoffe de serge que c'est à peine s'ils peuvent bouger. Avec le froid, leurs jambes bronzées se marbrent de taches blanches comme de la craie ; ils se soufflent sur les doigts et tapent des pieds ; ils ont toujours un filet de morve au nez.

Un jour, il y a une épidémie de teigne, et les deux frères de De Doorns ont la tête rasée. Sur leur crâne chauve on distingue nettement la forme en volute des parasites ; sa mère lui dit bien de n'avoir aucun contact avec eux.

Il préfère les culottes moulantes plutôt que les shorts qui flottent. Les vêtements que sa mère lui achète sont toujours trop flottants. Il aime regarder les jambes brunes, frêles et lisses qui sortent de culottes moulantes. Il aime surtout les jambes des garçons blonds qui ont pris au soleil une couleur de miel. C'est dans les classes afrikaans, et cela le surprend, qu'on voit les garçons les plus beaux, ainsi d'ailleurs que les plus laids, ceux qui ont des jambes poilues, une pomme d'Adam protubérante et des boutons sur la figure. Il trouve que les petits Afrikaners sont presque comme les enfants métis ; ils ont une spontanéité irréfléchie, une fougue naturelle que rien n'est venu gâter ; et puis tout d'un coup, ils arrivent à un âge où ils se défont et la beauté en eux meurt.

La beauté et le désir : il est troublé par l'émoi que les jambes de ces garçons, parfaites, qui n'ont rien de spécial, qui n'expriment rien, éveillent en lui. Qu'est-ce qu'on peut bien faire avec des jambes, si ce n'est les dévorer des yeux ? Le désir, ça sert *à quoi*, en fait ?

Les photos de statues de nus dans *L'Encyclopédie des enfants* lui font le même effet : Daphné poursuivie par Apollon ; Perséphone enlevée par Hadès. C'est une question de forme, de perfection de la forme. Il a son idée d'un corps humain parfait. Et lorsqu'il voit cette perfection exprimée dans le marbre blanc, quelque chose vibre en lui, un abîme s'ouvre ; il est près de tomber.

De tous les secrets qui le maintiennent à l'écart, celui-là en fin de compte est peut-être le pire. Il est le seul parmi tous ces garçons à être parcouru par ce sombre frisson érotique ; au milieu de tant d'innocence et de normalité, il est le seul à éprouver du désir.

Pourtant le langage des jeunes Afrikaners est ordurier, au-delà de ce qu'on peut imaginer. Leur vocabulaire obscène est beaucoup plus vaste que le sien, émaillé à tout bout de champ de *fok* et de *piel* et de *poes*, monosyllabes pesants qui le mettent en déroute. Comment ces mots s'écrivent-ils ? Tant qu'il ne saura pas les écrire, il ne pourra pas les saisir, les domestiquer. Est-ce que *fok* s'écrit avec un *v* qui le rendrait plus vénérable, ou avec un *f* qui en ferait un mot réellement farouche, primordial, primitif ? Le dictionnaire n'est d'aucun secours, les mots n'y figurent pas, aucun d'entre eux.

Et puis il y a *gat* et *poep-hol*, et d'autres du même acabit, qu'on se jette à la tête pour s'insulter et dont il ne comprend pas la portée. Pourquoi accoupler l'arrière et le devant du corps ? Tous ces mots de *gat*, de cul, si lourds, si gutturaux, si noirs, qu'ont-ils à voir avec le sexe, avec son *s* séducteur pour commencer et qui finit sur le *x* mystérieux ? Il se ferme à ces mots du derrière qui lui répugnent mais continue à essayer de saisir le sens de *effies* et *FLs*, choses qu'il n'a jamais vues, mais qui appartiennent, semble-t-il, aux rapports qu'ont les garçons et les filles, les grands, au lycée.

Ce n'est pas qu'il ne sache rien à rien. Il sait bien comment les bébés viennent au monde. Ils sortent du derrière de la mère, bien formés, bien propres, bien blancs. C'est ce que sa mère lui a expliqué, il y a longtemps, quand il était petit. Et il la croit, sans l'ombre d'un doute : il tire grande fierté qu'elle lui ait dit si tôt la vérité sur les bébés, alors que les autres enfants se faisaient encore embobiner avec des histoires. Cela montre bien combien elle est éclairée, combien on est éclairé dans leur famille. Son cousin Juan, qui a un an de moins que lui, sait la vérité sur la question aussi. Son père, en revanche, est tout gêné et bafouille quand on parle de bébés, et qu'on discute d'où ils viennent ; mais ce n'est qu'une preuve de plus de l'obscurantisme qui règne dans la famille de son père.

Ses copains racontent tout autre chose ; selon eux les bébés sortent par l'autre trou.

Il sait bien, de façon abstraite, qu'il existe un autre trou, dans lequel s'introduit la verge et par lequel l'urine sort. Mais c'est idiot de dire que les bébés sortent par ce trou-là. Le bébé, après tout, se forme et se développe dans le ventre. Il est donc logique que le bébé sorte par le trou de derrière.

Il défend donc mordicus la théorie du trou de derrière alors que ses copains défendent dur comme fer l'autre trou, le *poes*. Dans son for intérieur, il est sûr que c'est lui qui a raison. Cela fait partie de la confiance qui les lie, sa mère et lui.

Huit

Lui et sa mère traversent un terrain communal près de la gare de chemin de fer. Il est avec elle, mais il se tient à l'écart, il ne lui donne pas la main. Comme toujours il est tout en gris : tricot gris, culotte grise, chaussettes grises. Il a sur la tête une casquette bleu marine avec l'insigne de l'école primaire de garçons de Worcester : un pic montagneux couronné d'étoiles, et la devise PER ASPERA AD ASTRA.

Il n'est rien d'autre qu'un gamin qui marche à côté de sa mère : il a sans doute l'air tout à fait normal. Mais il se voit comme un hanneton qui trotte à ses pieds et tourne en rond à pas menus, d'un air affairé, le nez au ras du sol, aussi vite que ses jambes peuvent aller, et en gesticulant des bras. En fait il lui semble que rien en lui n'est au repos. Son esprit sans cesse divague et bat la campagne, et s'agite au caprice d'une volonté rétive.

C'est là qu'une fois par an le cirque dresse son chapiteau, et installe les cages où les lions somnolent vautrés dans la paille qui pue. Mais aujourd'hui ce n'est qu'une étendue d'argile rouge, sèche et dure comme pierre, où l'herbe ne poussera jamais.

En ce samedi matin chaud et lumineux, il y a là toutes sortes de gens, des passants comme eux. L'un est un jeune garçon de son âge qui, de l'autre bout de l'esplanade, arrive de biais vers eux d'un pas rapide. Dès qu'il le voit, il sait que ce garçon sera important pour lui, d'une importance incommensurable, non pas à cause de qui il est (il se peut qu'il ne le revoie jamais), mais à cause de ces pensées qui lui trottent dans la tête, qui échappent à son contrôle, et s'enfuient comme un essaim d'abeilles.

Ce garçon n'a rien d'extraordinaire. C'est un Métis, mais des Métis, il y en a partout. La culotte qu'il porte est si courte qu'elle lui arrive au ras des fesses qu'elle moule parfaitement, laissant voir sur presque toute leur longueur les jambes minces, d'un brun d'argile. Il n'a pas de chaussures ; la peau de la plante de ses pieds est probablement si racornie que même s'il marchait sur une épine de *duwweltjie*, il ralentirait à peine, se pencherait en avant pour s'en débarrasser en s'effleurant la plante du pied d'un simple mouvement de la main.

Des garçons comme lui, il y en a des centaines, des milliers, et des milliers de filles aussi en robes courtes qui laissent voir leurs jambes minces. Il voudrait bien avoir des jambes comme eux. Avec de belles jambes comme ça il pourrait parcourir la terre d'un pied léger comme ce garçon, sans presque fouler le sol.

Le garçon les croise, il passe à une dizaine de pas. Il est absorbé et ne les regarde pas. Son corps est parfait, rien n'est venu l'abîmer, il est neuf comme s'il était sorti hier de sa coquille. Pourquoi est-ce que les enfants comme lui, les garçons et les filles que rien ne force à aller à l'école, qui peuvent aller et venir à leur guise, qui ne sont pas sous l'œil vigilant de leurs parents, qui peuvent faire de leur corps ce que bon leur semble, pourquoi ne se retrouvent-ils pas pour jouir ensemble des délices du sexe ? Est-ce que, tout simplement, ils sont trop innocents pour savoir quels plaisirs sont à leur portée ? Est-ce que seules les âmes noires et coupables connaissent de tels secrets ?

Il en arrive toujours là quand il se pose des questions. D'abord ses idées partent dans tous les sens ; mais on en vient toujours au même point, ça ne manque jamais : les questions s'accumulent, se retournent et finissent en accusation contre lui-même. C'est toujours lui qui au départ commence à s'interroger ; mais le fil des idées lui échappe, elles se retournent contre lui, il se retrouve l'accusé. La beauté, c'est l'innocence ; l'innocence, c'est l'ignorance ; l'ignorance n'est que l'ignorance du plaisir ; et le plaisir est coupable ; et le voilà, lui, coupable. Ce garçon, et son corps tout neuf, intact, est innocent, alors que lui, sous l'empire de ses sombres désirs, est coupable. En fait, par ce long détour, il vient d'arriver en vue du mot *perversion*, qui déclenche cet émoi sombre, complexe, avec son *p* initial énigmatique, qui peut vouloir dire n'importe quoi, et passe vite par le *r* barbare pour faire tomber l'accent sur le *v* vengeur. Ce n'est pas une accusation, mais deux. Les deux accusations se recoupent et il se trouve à l'intersection, dans la ligne de mire. Car celui qui aujourd'hui porte contre lui l'accusation n'est pas seulement léger comme un jeune cerf, et innocent, alors que lui est sombre, pesant et coupable ; il est aussi métis, ce qui veut dire qu'il n'a pas d'argent, qu'il habite dans un gourbi quelque part ; cela veut dire que si sa mère s'avisait de l'appeler « Boy ! » avec un geste de la main, comme elle est tout à fait capable de le faire, ce garçon devrait s'arrêter sur-le-champ, s'approcher et faire ce qu'elle lui dit de faire (porter son panier à provisions, par exemple), et pour sa peine, dans le creux de ses mains jointes, il recevrait un sou et dirait merci. Et si lui devait ensuite s'en prendre à sa mère, elle se contenterait de sourire en disant : « Mais ils ont l'habitude ! »

Ainsi, ce garçon, qui sans réfléchir est resté sur le droit chemin de l'innocence où la nature l'a mis, qui est pauvre, et donc bon, comme les pauvres le sont toujours dans les contes de fées, souple et délié comme une anguille, agile comme un lièvre, et qui le battrait sans peine s'ils se mesuraient à la course ou à un jeu d'adresse, ce garçon, qui lui est un vivant reproche, ne lui en est pas moins assujetti d'une manière qui lui cause une gêne si profonde qu'il est au supplice, il rentre la tête dans les épaules, et ne veut même plus le regarder, malgré sa beauté.

Pourtant on ne peut pas l'ignorer. On peut faire comme si les Noirs n'existaient pas, peut-être, mais on ne peut ignorer les Métis. Pour se débarrasser des Noirs, on peut toujours dire qu'ils sont arrivés de date récente, que ce sont des envahisseurs venus du Nord, qu'ils n'ont aucun droit d'être là. Les Noirs que l'on voit à Worcester sont pour la plupart des hommes qui portent de vieilles capotes militaires, qui fument des pipes à long tuyau recourbé et habitent le long de la voie ferrée dans de minuscules chenils de tôle ondulée, aux toits pointus comme des tentes, des hommes à la force et à la patience légendaires. On les a amenés ici parce qu'ils ne boivent pas, à l'inverse des Métis, parce qu'ils peuvent faire des travaux pénibles sous un soleil de plomb, alors que les Métis, plus clairs de peau, plus instables, ne résisteraient pas. Ce sont des hommes sans femmes, sans enfants, qui arrivent de nulle part, et qu'on peut faire disparaître en les renvoyant d'où ils viennent.

Mais on n'a pas ce recours avec les Métis. Les Métis ont été engendrés par les Blancs, par les Jan van Riebeeck, qui ont engrossé les Hottentotes : cela est clair, même si c'est dit à mots couverts dans son livre d'histoire. L'amère vérité est encore pire que cela. Car, dans la région du Boland, ceux qu'on appelle Métis ne sont pas les arrière-arrière-petits-enfants de Jan van Riebeeck, ou d'un autre Hollandais de sa bande. Il est assez bon juge des physionomies, il a su juger les physionomies aussi loin qu'il se souvienne, pour bien voir qu'ils n'ont pas une goutte de sang blanc dans les veines. Ce sont de purs Hottentots, que rien n'a corrompus. Non seulement ils ne font qu'un lot avec cette terre, mais cette terre ils l'apportent en dot, elle est à eux, et depuis toujours.

Neuf

L'un des avantages de Worcester, l'une des raisons pour lesquelles, à ce que dit son père, il vaut mieux habiter ici qu'au Cap, est que c'est beaucoup plus facile pour les courses. Le laitier passe tous les matins avant le jour ; il suffit de décrocher le téléphone, et une heure plus tard l'employé de Schochat est à la porte avec la commande de viande et d'épicerie. Ce n'est pas plus compliqué que ça.

L'employé de Schochat, le garçon épicier, est un Noir qui ne parle que quelques mots d'afrikaans et pas un mot d'anglais. Il a une chemise blanche, propre, un nœud papillon, des chaussures bicolores, et une casquette de golfeur à la Bobby Locke. Il s'appelle Josias. Ses parents le critiquent en disant que ce n'est qu'un écervelé de cette nouvelle génération de Noirs qui dépensent tout ce qu'ils gagnent pour s'acheter de beaux habits et ne pensent pas à l'avenir.

Quand sa mère n'est pas là, lui et son frère réceptionnent la commande que livre Josias, rangent les articles d'épicerie sur l'étagère de la cuisine, et mettent la viande au réfrigérateur. S'il y a dans la livraison du lait condensé, ils le chapardent, comme un butin. Ils percent des trous dans la boîte et chacun à leur tour aspirent le contenu jusqu'à la dernière goutte. Quand leur mère rentre, ils racontent qu'il n'y avait pas de lait condensé, ou que Josias l'a volé.

Il ne sait pas trop si sa mère croit leur histoire. Mais ce

n'est pas un des mensonges qui lui donnent un sentiment de culpabilité.

Les voisins, sur le côté est de la maison, s'appellent Wynstra. Ils ont trois fils, l'aîné qui a les genoux cagneux et qui s'appelle Gysbert, et des jumeaux qui s'appellent Eben et Ezer et qui n'ont pas encore l'âge d'aller à l'école. Lui et son frère se moquent de Gysbert Wynstra à cause de son nom ridicule et aussi parce qu'il est tout mou, sans nerf et a l'air de peiner quand il court. Ils le cataloguent comme un idiot, un débile mental, et lui déclarent la guerre. Un après-midi, ils s'emparent de la demi-douzaine d'œufs que le garçon de Schochat vient d'apporter, les jettent sur le toit de la maison des Wynstra, et vont se cacher. Les Wynstra ne se montrent pas, mais, avec le soleil, les œufs cassés sèchent et se transforment en horribles taches jaunes.

Le plaisir de jeter un œuf, tellement plus petit et plus léger qu'une balle de cricket, de le regarder filer dans l'air en tournant sur lui-même, de l'entendre s'écraser avec un bruit mou le fait trembler longtemps après. Pourtant son plaisir est mêlé d'une pointe de culpabilité. Il ne peut oublier qu'ils jouent avec de la nourriture. De quel droit utilise-t-il des œufs comme des jouets ? Que dirait le garçon épicier s'il venait à savoir qu'ils jettent les œufs qu'il a apportés à vélo de l'autre bout de la ville ? Il a le sentiment que le garçon de Schochat, qui d'ailleurs n'est pas du tout un garçon mais un homme adulte, n'est pas préoccupé de l'allure qu'il a avec sa casquette à la Bobby Locke et son nœud papillon au point de rester indifférent à un comportement pareil. Il a le sentiment qu'il condamnerait sévèrement son attitude et qu'il n'hésiterait pas à le dire. « Comment pouvez-vous faire ça quand il y a des enfants qui n'ont rien à manger ? » dirait-il dans son mauvais afrikaans ; et il n'y a rien à répondre à ça. Ailleurs dans le monde, peut-être, on peut utiliser des œufs comme projectiles (en Angleterre par exemple il sait qu'on jette des œufs sur les condamnés au pilori) ; mais dans ce pays-ci, il y a des juges qui jugeront selon des critères de justice : dans ce pays on ne peut pas considérer ce qui se mange à la légère.

Josias est le quatrième Noir qu'il connaît. Le premier, qu'il se rappelle vaguement, portait un pyjama bleu du matin au soir ; c'était le boy qui nettoyait les escaliers dans l'immeuble où ils habitaient à Johannesburg. La deuxième était Fiela, à Plettenberg Bay, qui venait chercher leur linge à laver. Fiela était très noire, très vieille, n'avait pas une seule dent et faisait de longs discours où elle parlait du passé dans un bel anglais chantant. Elle venait de Sainte-Hélène, disait-elle, où elle avait été esclave. Le troisième remonte aussi à l'époque de Plettenberg Bay. Il y avait eu une grosse tempête ; un bateau avait fait naufrage ; le vent qui soufflait depuis des jours et des nuits commençait tout juste à tomber. Lui, sa mère et son frère étaient venus sur la plage voir les algues et les débris poussés vers la côte et amoncelés sur la grève, quand un vieil homme à barbe grise, avec un col de pasteur, un parapluie à la main s'était approché et s'était adressé à eux : « Les hommes construisent des bâtiments d'acier, avait dit le vieil homme, mais la mer est plus forte. La mer est plus forte que tout ce que l'homme peut construire. »

Quand ils s'étaient retrouvés seuls, sa mère avait dit : « Rappelez-vous bien ce qu'il a dit. Ce vieillard était un sage. » C'est la seule fois qu'il se rappelle l'avoir entendue utiliser le mot *sage* ; en fait c'est la seule fois qu'il se rappelle avoir entendu quelqu'un utiliser ce mot, en dehors des livres. Mais ce n'est pas seulement ce mot désuet qui le frappe. Il est possible d'avoir du respect pour les Noirs – c'est cela qu'elle veut dire. Et c'est un grand soulagement d'entendre cela, d'en avoir la confirmation.

Dans les histoires qui l'ont le plus profondément marqué, il y a le troisième frère, le plus humble, celui qui est tourné en dérision, et qui, alors que le premier et le deuxième frères n'ont pas daigné s'arrêter, aide la vieille femme à porter son fardeau ou retire l'épine de la patte du lion. Le troisième frère est bon, honnête et courageux alors que le premier et le deuxième sont vantards, arrogants et sans charité. A la fin de l'histoire, le troisième frère reçoit la couronne et devient prince, alors que le premier et le deuxième frères sont disgraciés et envoyés au diable.

Il y a les Blancs et les Métis et les Noirs, et ce sont les Noirs qui sont au bas de l'échelle et tournés en dérision plus que les autres. Le parallèle crève les yeux : les Noirs sont le troisième frère.

A l'école, d'année en année, ils rabâchent l'histoire de Jan van Riebeeck et de Simon van der Stel, et de Lord Charles Somerset et de Piet Retief. Après Piet Retief, il y a les guerres cafres, quand les hordes de Cafres ont débordé les frontières de la colonie et ont dû être repoussées ; mais il y a tellement de guerres cafres, et elles sont si compliquées, si difficiles à distinguer les unes des autres, qu'on ne leur demande pas de les savoir pour les examens de fin d'année.

Bien qu'aux examens il donne la bonne réponse aux questions d'histoire, il ne sait pas répondre à une question que lui pose son cœur : pourquoi est-ce que van Riebeeck et Simon van der Stel étaient si bons, alors que Lord Charles Somerset était si méchant ? Et il n'aime pas non plus les chefs du Grand Trek comme il le devrait, sauf peut-être Piet Retief qui a été assassiné parce qu'il s'est fait avoir par Dingaan et a laissé son fusil à l'extérieur du kraal. Andries Pretorius et Gerrit Maritz, et tous les autres, d'après leurs discours, ont l'air d'être exactement comme les professeurs du lycée ou comme les Afrikaners à la radio : ils sont toujours en colère, intransigeants, toujours à vociférer des menaces, toujours le nom de Dieu à la bouche.

On ne traite pas de la guerre des Boers à l'école, en tout cas pas dans les classes où l'enseignement se fait en anglais. Le bruit court qu'on enseigne la guerre des Boers dans les classes afrikaans, sous le nom de *Tweede Vryheidsoorlog*, la deuxième guerre de libération, mais il n'y a pas de question dessus aux examens. Comme c'est un sujet délicat, la guerre des Boers n'est pas au programme officiel. Même ses parents refusent de parler de la guerre des Boers, de dire qui avait raison et qui avait tort. Cependant sa mère raconte une histoire sur la guerre des Boers que lui racontait sa propre mère. Quand les Boers sont arrivés dans leur ferme, disait sa mère, ils ont exigé à manger, et de l'argent, et ils voulaient être servis. Quand les soldats britanniques sont venus, ils ont dormi à l'écurie, ils n'ont rien volé, et en partant ils ont eu la courtoisie de remercier leurs hôtes.

Les Britanniques et leurs généraux arrogants, pleins de morgue, sont les méchants dans la guerre des Boers. En plus ils sont idiots de porter des uniformes rouges qui font d'eux des cibles faciles pour les fusils des Boers. Dans les histoires qui parlent de la guerre, on est censé être du côté des Boers qui se battent pour la liberté contre la puissance formidable de l'Empire britannique. Mais lui, il préfère être contre les Boers, non seulement à cause de leurs longues barbes et de leurs vêtements affreux, mais parce qu'ils se mettent en embuscade et se cachent derrière des rochers pour tirer ; et il est pour les Britanniques qui vont à la mort en bon ordre au son aigu des cornemuses.

A Worcester, les Anglais sont une minorité, et à Reunion Park une infime minorité. En dehors de lui et de son frère, qui ne sont qu'à moitié anglais, il n'y a que deux autres Anglais : Rob Hart et un petit maigre qui s'appelle Billy Smith dont le père travaille aux chemins de fer et qui a une maladie qui lui donne la pelade (sa mère lui interdit formellement de toucher aucun des enfants Smith).

Quand par mégarde il vend la mèche sur Rob Hart qui se fait fouetter par Mlle Oosthuizen, ses parents ont tout de suite l'air de savoir pourquoi. Mlle Oosthuizen appartient au clan des Oosthuizen, des nationalistes ; le père de

Rob Hart, qui a une quincaillerie, était conseiller municipal du United Party jusqu'aux élections de 1948.

Quand on parle de Mlle Oosthuizen, ses parents hochent la tête. Ils la considèrent comme une excitée, une instable ; ils voient d'un œil désapprobateur ses cheveux passés au henné. Du temps de Smuts, dit son père, on aurait fait quelque chose, on n'aurait pas laissé une institutrice faire entrer la politique à l'école.

Son père aussi est au United Party. En fait son père a perdu sa place au Cap, l'emploi avec le titre dont sa mère était si fière, contrôleur des baux à loyer, lorsque Malan a battu Smuts en 1948. C'est à cause de Malan qu'ils ont dû quitter la maison de Rosebank qu'il se rappelle avec tant de nostalgie, la maison avec son jardin touffu et l'observatoire avec un toit en dôme et les deux caves, qu'il a fallu quitter l'école primaire de Rosebank et ses copains de Rosebank pour venir ici à Worcester. Au Cap, son père partait travailler le matin tout fringant dans son costume croisé, une serviette de cuir à la main. Quand les autres enfants lui demandaient ce que faisait son père, il pouvait répondre : « Il est contrôleur des baux à loyer », et ils se taisaient respectueusement en entendant ça. A Worcester le travail de son père n'a pas de nom spécial. « Mon père travaille pour les Conserveries Standard », est-il obligé de dire. « Mais qu'est-ce qu'il fait ? » « Il est dans les bureaux, il fait la comptabilité », doit-il dire d'un air gêné. Il n'a pas la moindre idée de ce que ça veut dire, « faire la comptabilité ».

Les Conserveries Standard produisent des boîtes de conserve de pêches Alberta, de poires Bartlett et d'abricots. Les Conserveries Standard mettent en conserve plus de pêches que n'importe quelle entreprise de conserve du pays. C'est là leur seul titre de gloire.

Malgré la défaite de 1948 et la mort du général Smuts, son père reste fidèle au United Party ; fidèle mais pessimiste. Maître Strauss, le nouveau leader du United Party, n'est qu'un pâle reflet de Smuts ; avec Strauss à leur tête les UP n'ont guère d'espoir de remporter les prochaines élections. D'autant que les Nats s'assurent la victoire en redécoupant les circonscriptions électorales pour favoriser ceux qui les soutiennent dans le *platteland*, dans les campagnes.

« Et pourquoi est-ce qu'on ne les en empêche pas ? » demande-t-il à son père.

« Et qui veux-tu, qui veux-tu qui les arrête ? dit son père. Ils font ce qu'ils veulent maintenant qu'ils sont au pouvoir. »

Il ne voit pas à quoi ça sert d'avoir des élections si le parti gagnant peut changer les règles du jeu. C'est comme si le batteur pouvait dire qui peut lui lancer la balle et qui ne peut pas.

Son père branche la radio à l'heure des informations, mais, en fait, il n'écoute que les résultats sportifs, le cricket l'été et le rugby l'hiver.

Autrefois le bulletin d'informations était diffusé d'Angleterre, avant que les Nats prennent le pouvoir. Ça commençait avec le *God Save the King*, et puis il y avait les six top de Greenwich, et puis le speaker disait : « Ici Londres, voici les informations », et il donnait les nouvelles du monde entier. Maintenant tout cela est fini. « Ici la Radio-Diffusion sud-africaine », dit le speaker et il entonne la litanie de ce que le Docteur Malan a dit au Parlement.

Ce qu'il déteste le plus à Worcester, ce qui lui donne le plus envie de s'en échapper, c'est le ressentiment rageur, qu'il sent gronder, toujours près à éclater, chez les garçons afrikaans. Il les craint, il les hait, ces costauds d'Afrikaners, toujours pieds nus avec des culottes très courtes, serrées sur les fesses, surtout les plus vieux des élèves, qui à la première occasion vous emmènent dans un coin désert du veld et vous font subir des violences dont il a entendu parler sur un ton salace – ils vous *borsel*, par exemple, ce qui, d'après ce qu'il comprend, consiste à vous mettre les culottes aux chevilles et à vous enduire les couilles de cirage (mais pourquoi les couilles ? et pourquoi du cirage ?) ; et après, ils vous renvoient chez vous, et pour rentrer il faut traverser la ville à moitié nu, en chialant.

Il y a toute une tradition que tous les écoliers afrikaans semblent partager, qui se transmet par les jeunes élèves professeurs en stage à l'école et qui a trait au bizutage et à ce qui vous arrive pendant le bizutage. Les Afrikaners en parlent en chuchotant et en s'excitant comme lorsqu'ils parlent des châtiments corporels et de la badine. Les bribes qu'il entend lui soulèvent le cœur : on se balade emmailloté dans une couche de nourrisson, par exemple, ou on boit de l'urine. Si c'est par là qu'il faut en passer pour entrer dans l'enseignement, alors il se refuse à entrer dans l'enseignement.

Le bruit court que le gouvernement va décréter le transfert de tous les enfants qui ont des patronymes afrikaans dans des classes afrikaans. Ses parents parlent de l'affaire à voix basse ; ils sont inquiets, c'est clair. Quant à lui, il est pris de panique à l'idée d'être obligé de passer dans une classe afrikaans. Il prévient ses parents qu'il n'obéira pas. Il refusera d'aller en classe. Ils s'efforcent de le calmer. « Il ne se passera rien du tout, disent-ils. Ce sont des paroles en l'air. Il leur faudra des années pour faire quoi que ce soit. » Cela ne le rassure pas.

Il reviendra aux inspecteurs, apprend-il, de retirer les faux élèves anglais des classes d'enseignement en anglais. Il vit dans la terreur en perspective du jour où l'inspecteur arrivera, suivra du doigt la liste des élèves, appellera son nom et lui dira de rassembler ses affaires. Il a déjà prévu dans le détail ce qu'il fera : il a son plan pour ce jour-là. Il mettra ses affaires dans son sac et il quittera la salle de classe sans protester. Mais il n'ira pas dans la classe afrikaans. Il se dirigera tranquillement, pour ne pas attirer l'attention, vers l'abri à vélos, il prendra son vélo, et il foncera vers la maison si vite qu'on ne pourra pas le rattraper. Il fermera la porte d'entrée à double tour et annoncera à sa mère qu'il ne retournera plus à l'école, et que, si elle le trahit, il se tuera.

Une image du Docteur Malan lui reste gravée dans l'esprit. Le visage rond et le crâne chauve du Docteur Malan ne montrent ni compréhension ni miséricorde. Sur son cou le pouls bat comme sous la tête d'un crapaud. Il a la bouche en cul de poule.

Il n'a pas oublié la première loi passée par le Docteur Malan en 1948 : interdiction de toutes les bandes dessinées du capitaine Marvel et de Superman ; seules les bandes dessinées dont les personnages sont des animaux, des bandes conçues pour vous maintenir en enfance, seront autorisées par le contrôle des douanes.

Il pense aux chansons afrikaans qu'on leur fait chanter à l'école. Il en est arrivé à les détester au point qu'il a envie de hurler, de brailler, de faire des bruits de pet pendant qu'on les chante, surtout pendant « *Kom ons gaan blomme pluk* », avec les enfants qui gambadent dans les champs parmi les oiseaux qui gazouillent et les insectes qui bourdonnent gaiement.

Un samedi matin, lui et deux copains prennent leurs vélos et quittent Worcester par la route de De Doorns. En moins d'une demi-heure ils sont en rase campagne, pas une habitation en vue. Ils laissent leurs vélos sur le côté de la route et partent pour monter dans les collines. Ils trouvent une grotte, allument du feu et mangent le casse-croûte qu'ils ont apporté. Tout à coup surgit un garçon énorme, une brute d'Afrikaner en short kaki. « *Wie het julle toestemming gegee ?* » Qui vous a donné la permission de venir ici ?

Ils sont stupéfaits. Une grotte : est-ce qu'il leur faut la permission d'entrer dans une grotte ? Ils essaient de raconter une histoire, mais en vain. « *Julle sal moet hier bly totdat my pa kom* », déclare le garçon. Il faudra attendre ici que mon père vienne. Il parle de *lat*, de *strop* : une canne, une cravache ; on va leur donner une leçon.

De peur, il est pris de vertige. Ici, au beau milieu du veld où ils ne peuvent faire appel à personne, ils vont être battus. Il n'y a pas moyen de plaider leur cause. Car le fait est qu'ils sont coupables, et lui plus que les autres. C'est lui qui les a assurés, quand ils ont sauté par-dessus la clôture, que ça ne pouvait pas être une ferme, que c'était juste le veld. C'est lui le meneur de la bande, c'était son idée au départ, et il ne peut pas mettre ça sur le dos d'un autre.

Le fermier arrive avec son chien, un berger allemand à l'air sournois, aux yeux jaunes. Et les questions recommencent, en anglais cette fois, des questions auxquelles il n'y a pas de bonne réponse. De quel droit sont-ils ici ? Pourquoi n'ont-ils pas demandé la permission ? Et de nouveau, il faut se défendre avec des réponses lamentables, idiotes : ils ne savaient pas, ils croyaient que c'était juste le veld. Il se jure tout bas que jamais il ne refera cette erreur. Jamais plus il n'aura la bêtise de passer des clôtures en s'imaginant qu'il ne se fera pas prendre. *Idiot !* se dit-il à lui-même, *pauvre espèce d'idiot !*

Il se trouve que le fermier n'a pas de *lat*, de cravache, ni de fouet avec lui. « Vous avez de la chance », dit-il. Ils restent cloués sur place, sans comprendre. « Filez. »

Sans demander leur reste, ils redescendent la colline, en ne courant surtout pas de crainte que le chien ne se mette à leurs trousses en aboyant et en bavant, et retrouvent leurs vélos qui les attendent sur le côté de la route. Ils n'essaient même pas de se dire que l'aventure valait le coup. Les Afrikaners ne se sont même pas mal conduits. C'est eux trois les perdants dans l'histoire.

Dix

Tôt le matin, on voit des enfants métis qui trottent sur la route nationale pour aller à l'école, avec leurs plumiers et leurs cahiers, certains même un cartable au dos. Mais ce sont de jeunes enfants, très jeunes : quand ils arrivent à l'âge qu'il a, dix ou onze ans, ils ont déjà quitté l'école et ils travaillent pour gagner leur pain.

Pour son anniversaire, au lieu de faire une fête à la maison, on lui donne dix shillings pour sortir ses copains. Il invite ses trois meilleurs copains au café du Globe ; ils s'installent à une table au plateau de marbre et commandent des banana-splits ou des glaces arrosées de chocolat chaud. Il se sent très grand seigneur à prodiguer ainsi du plaisir ; la sortie serait très réussie si elle n'était pas gâchée par les petits Métis dépenaillés qui collent leur nez à la vitre pour les regarder.

Sur les visages de ces enfants il ne voit pas l'ombre de la haine que, il veut bien l'admettre, lui et ses amis méritent pour avoir tant d'argent alors que les autres n'ont pas un sou. Au contraire, ils ont l'expression des enfants au cirque, totalement pris par ce qu'il y a à voir, et qui dévorent le spectacle des yeux pour être sûrs de ne rien manquer.

S'il était quelqu'un d'autre, il demanderait au propriétaire du Globe, le Portugais aux cheveux brillantinés, de les chasser. C'est une chose tout à fait normale de chasser les petits mendiants. Il suffit de se tordre le visage d'une grimace, et de faire un geste de la main en criant : « *Voet-*

sek, hotnot ! Loop ! Loop ! » et ensuite on se tourne vers l'ami ou l'inconnu, qui est témoin de la scène en disant : « *Hulle soek net iets om te steel. Hulle is almal skelms.* » Ils sont là pour chaparder quelque chose. Ce sont tous des voleurs. Mais s'il se levait de sa chaise pour aller parler au Portugais, qu'est-ce qu'il dirait ? « Ils me gâchent mon anniversaire, ce n'est pas juste, ça me fait mal au cœur de les voir là » ? De toute façon, qu'on les chasse ou pas, le mal est fait, ça lui a déjà fendu le cœur de les voir le nez collé à la vitre.

A ses yeux les Afrikaners sont toujours en colère parce qu'ils ont le cœur meurtri. Alors que les Anglais n'ont pas eu l'occasion de se mettre en colère parce qu'ils vivent à l'abri, derrière des murs et protègent jalousement leur cœur de toute atteinte.

Ce n'est là qu'une de ses théories sur les Anglais et les Afrikaners. Ce qui ne marche pas, malheureusement dans cette théorie, c'est Trevelyan.

Trevelyan était l'un de leurs locataires qui prenait pension chez eux du temps qu'ils habitaient la maison de Liesbeeck Road à Rosebank, la maison avec le grand chêne dans le jardin de devant, où il était heureux. Trevelyan avait la plus belle chambre, celle qui avait une porte-fenêtre qui donnait sur le stoep. Il était jeune, grand, aimable ; il ne parlait pas un mot d'afrikaans ; c'était un Anglais pur sang. Le matin Trevelyan prenait le petit déjeuner dans la cuisine avant de partir travailler ; le soir, quand il rentrait, il dînait avec eux. Il fermait toujours à clé la porte de sa chambre où de toute façon il leur était interdit d'aller ; mais il n'y avait rien d'intéressant sauf un rasoir électrique fabriqué en Amérique.

Son père s'était lié d'amitié avec Trevelyan, bien qu'il soit plus âgé que lui. Le samedi, ils écoutaient à la radio C.K. Friedlander qui commentait les matchs de rugby depuis le stade de Newlands.

Et puis Eddie est arrivé. Eddie était un petit Métis de

sept ans qui venait de Ida's Valley, près de Stellenbosch. Il était venu travailler pour eux : la mère de Eddie et Tante Winnie, qui habitait à Stellenbosch, s'étaient entendues sur les conditions. Eddie ferait la vaisselle, il balaierait la maison et ferait les cuivres, en échange de quoi il serait logé et nourri chez eux à Rosebank, et le premier de chaque mois un mandat de deux livres et dix shillings serait adressé à sa mère.

Après avoir travaillé chez eux à Rosebank pendant deux mois, Eddie s'est sauvé. Il a disparu pendant la nuit et on ne s'est aperçu de son absence que le lendemain matin. On a appelé la police ; Eddie a été retrouvé dans le voisinage, caché dans les buissons qui bordent la rivière Liesbeeck. Ce n'est pas la police qui l'a retrouvé, mais Trevelyan, qui l'a ramené jusqu'à la maison ; Eddie pleurait sans essayer de se retenir et se débattait et Trevelyan l'a enfermé dans le vieil observatoire au fond du jardin.

Il allait évidemment falloir renvoyer Eddie à Ida's Valley. Maintenant qu'il ne faisait même plus semblant de se plaire à Rosebank, il se sauverait à la première occasion. L'apprentissage n'avait pas marché.

Mais avant même qu'on puisse téléphoner à Tante Winnie, il fallait régler la question de la punition à administrer à Eddie pour tous les ennuis qu'il avait causés : la police qu'on avait fait venir, et le samedi matin gâché. C'est Trevelyan qui s'est proposé pour administrer la punition.

Par une fenêtre il est allé voir ce qui se passait à l'intérieur de l'observatoire : d'une main Trevelyan tenait les deux poignets d'Eddie et de l'autre il fouettait ses jambes nues avec une lanière de cuir. Son père était là aussi, debout un peu à l'écart, et le regardait faire. Eddie hurlait et dansait la gigue ; il était couvert de larmes et de morve. « *Asseblief, asseblief, my baas*, hurlait-il, *ek sal nie weer nie !* » Je ne le ferai plus ! A ce moment-là, ils l'ont vu en train de regarder et lui ont fait signe de s'en aller.

Le lendemain, son oncle et sa tante sont venus de Stellenbosch avec leur DKW noire, pour ramener Eddie chez sa mère à Ida's Valley. On ne s'est pas fait d'adieux.

Ainsi, c'est Trevelyan, qui était anglais, qui avait battu Eddie. En fait, Trevelyan qui avait le teint haut en couleur et qui était déjà un peu gros, était devenu encore plus rouge pendant qu'il faisait claquer la cravache, poussait un grognement à chaque coup, et se laissait posséder par la rage, comme le premier Afrikaner venu. Comment alors faire cadrer Trevelyan avec sa théorie que les Anglais sont bons ?

Il a encore envers Eddie une dette, dont il n'a parlé à personne. Quand il a acheté le vélo Smiths avec l'argent qu'on lui avait donné pour ses huit ans, et puis qu'il s'est rendu compte qu'il ne savait pas monter à vélo, c'est Eddie qui l'a poussé sur le terrain communal de Rosebank, qui lui a crié des instructions jusqu'à ce que, tout d'un coup, il réussisse à trouver son équilibre.

La première fois qu'il s'est lancé tout seul, il a décrit un grand cercle en poussant tant qu'il pouvait sur les pédales pour progresser sur le sol sableux et revenir là où Eddie l'attendait. Eddie était tout excité, il sautait sur place. « *Kan ek'n kans kry ?* » hurlait-il. Laisse-moi faire un tour ! Il a passé le vélo à Eddie. Eddie n'avait pas besoin qu'on le pousse : il a démarré comme une flèche, debout sur les pédales, les basques de son vieux blazer bleu marine au vent, bien plus dégourdi que lui sur le vélo.

Il se rappelle les parties de lutte sur la pelouse avec Eddie. Eddie n'avait que sept mois de plus que lui et il n'était pas plus grand, mais la force de son corps nerveux et sa volonté farouche faisaient toujours de lui le vainqueur. Vainqueur, certes, mais il restait prudent dans la victoire. L'espace d'un bref instant, alors qu'il tenait son adversaire les épaules au sol, il se permettait un sourire de triomphe ; puis il lâchait prise et se laissait rouler pour se mettre en garde basse, accroupi, prêt à reprendre le combat.

Il lui reste de ces bagarres l'odeur du corps d'Eddie, la

sensation de la forme de sa tête, du crâne oblong comme une balle de fusil et des cheveux ras, rêches au toucher.

Ils ont la tête plus dure que les Blancs, dit son père. C'est pour ça qu'ils font de bons boxeurs. Et c'est pour cette raison, dit son père, qu'ils ne vaudront jamais rien au rugby. Au rugby, il faut des têtes qui pensent vite, pas des têtes dures.

A un moment, alors qu'ils sont dans un corps à corps, il a les lèvres et le nez tout contre les cheveux d'Eddie. Il en sent l'odeur et le goût : c'est l'odeur et le goût de la fumée.

Tous les week-ends, Eddie devait faire une grande toilette : debout dans une bassine dans les WC réservés aux domestiques, il se lavait avec un chiffon savonneux. Une fois, lui et son frère ont tiré une poubelle qu'ils ont placée au-dessous de la petite fenêtre et ils ont grimpé dessus pour observer Eddie. Il était tout nu, mais il avait gardé sa ceinture de cuir en place autour de la taille. En voyant les deux visages collés à la fenêtre, il a fait un grand sourire et il a crié « Hé ! » et il s'est mis à danser dans la bassine, en éclaboussant partout et sans le moindre geste pour cacher son sexe.

Après, il a dit à sa mère : « Eddie n'a pas enlevé sa ceinture pour se laver. »

« Il fait ce qu'il veut », a dit sa mère.

Il n'est jamais allé à Ida's Valley, le village d'où vient Eddie. Il s'imagine un endroit froid et ruisselant d'une humidité pénétrante. Dans la maison de la mère d'Eddie, il n'y a pas l'électricité. Le toit fuit, et tout le monde tousse tout le temps. Quand on sort, il faut sauter de pierre en pierre pour éviter les flaques. Qu'est-ce qu'Eddie peut espérer maintenant qu'il est retourné à Ida's Valley, couvert de honte ?

« Qu'est-ce qu'il fait maintenant, Eddie, à ton avis ? » demande-t-il à sa mère.

« Il est sûrement dans une maison de redressement. »

« Pourquoi dans une maison de redressement ? »

« Les gens comme lui finissent toujours dans une maison de redressement, et ensuite en prison. »

Il ne comprend pas les sentiments amers qu'elle a envers Eddie. Il ne comprend pas ces accès d'amertume, durant lesquels elle lance des remarques cinglantes sur tout et n'importe quoi, presque au hasard : les Métis, ses propres frères et sœurs, les livres, l'enseignement, le gouvernement. Ça lui est bien égal ce qu'elle peut penser d'Eddie, mais qu'au moins elle ne change pas d'avis d'un jour à l'autre. Quand elle se met à fulminer comme ça, il a l'impression que le sol s'effondre sous ses pieds et qu'il tombe.

Il pense à Eddie dans son vieux blazer, tout recroquevillé pour se protéger de la pluie qui tombe sans cesse à Ida's Valley, en train de fumer des mégots avec des Métis plus vieux que lui. Il a dix ans, et Eddie, à Ida's Valley, a dix ans aussi. Pendant quelque temps Eddie aura onze ans et lui n'en aura encore que dix ; et puis il aura onze ans à son tour. Toujours il le rattrapera, il sera comme Eddie pendant quelque temps, et puis il se fera dépasser. Combien de temps est-ce que cela va durer ? Est-ce qu'il échappera jamais à Eddie ? S'ils se croisaient un jour dans la rue, est-ce que malgré tout ce qu'il aura bu, toute la dagga qu'il aura fumée, malgré la prison, et tout ce qui aura pu lui durcir le cœur, Eddie le reconnaîtra et s'arrêtera pour lui jeter un « *Jou moer !* » retentissant ?

En ce moment, dans la maison qui fuit de partout à Ida's Valley, pelotonné sous une couverture qui pue, serrant toujours son blazer contre lui, Eddie, il le sait, pense à lui. Dans le noir, les yeux d'Eddie sont deux fentes jaunes. Mais il y a une chose dont il est sûr : Eddie n'aura pas pitié de lui.

Onze

En dehors de la famille, ils ne fréquentent pas grand monde. Quand par extraordinaire il vient des étrangers chez eux, lui et son frère déguerpissent à toute allure comme de petites bêtes sauvages, et puis ils reviennent en douce écouter aux portes. Ils ont aussi percé des trous dans le plafond, de sorte qu'ils peuvent se glisser dans le toit et espionner d'en haut ce qui se passe dans la salle de séjour. Leur mère est gênée quand on entend du remue-ménage là-haut : « Ce sont les enfants qui s'amusent », explique-t-elle avec un sourire forcé.

Il évite tant qu'il peut les bavardages polis, à cause de toutes les formules – « Alors comment vas-tu ? » « Et ça marche à l'école ? » – qui le déconcertent. Comme il ne sait pas la bonne réponse, il bafouille et bredouille comme un idiot. Mais en fin de compte il n'a pas honte de son côté sauvage, ni de l'agacement que lui cause le bruit discret de la conversation des gens bien élevés.

« Mais est-ce que tu ne pourrais pas simplement être normal ? » lui demande sa mère.

« Je déteste les gens normaux », répond-il avec feu.

« Je déteste les gens normaux », répète son frère. Son frère a sept ans. Il arbore toujours un sourire crispé, comme un tic nerveux ; à l'école il lui arrive de se mettre à vomir sans aucune raison et il faut qu'on vienne le chercher pour le ramener à la maison.

Au lieu d'avoir des amis, ils ont de la famille. Il n'y a que dans la famille de sa mère qu'ils le prennent plus ou moins comme il est, mal élevé, mal léché, un original – non seulement parce que sinon ils ne pourraient pas venir en visite, mais parce qu'eux aussi ont grandi comme cela, comme des sauvages mal élevés. Dans la famille de son père, en revanche, ils le critiquent, et ils condamnent l'éducation qu'il a reçue de sa mère. Quand il est parmi eux, il est mal à l'aise ; dès qu'il peut leur échapper, il se met à singer les banalités polies qui sont de mise. (« *En hoe gaan dit met jou mammie ? En met jou broer ? Dis goed, dis goed !* » Et comment va ta maman ? Et ton frère ? Bon, c'est bien ! c'est bien !) Mais il n'y a pas moyen d'y couper : si on ne se prête pas aux rites qu'ils pratiquent, on ne peut venir en visite à la ferme. Alors, au supplice, et tout en se méprisant de sa lâcheté, il s'exécute. « *Dit gaan goed*, dit-il. *Dit gaan goed met ons almal.* » Nous allons tous bien, merci.

Il sait que son père avec les siens prend parti contre lui. C'est une des façons qu'a son père de rendre à sa mère la monnaie de sa pièce. L'idée de la vie qu'il aurait si c'était son père qui commandait à la maison lui fait froid dans le dos : ce serait une vie faite de formules vides et bêtes et où il faudrait être comme tout le monde. Sa mère seule fait rempart contre une existence qu'il ne pourrait pas supporter. Si bien que, alors même qu'elle l'agace d'être si lente et si terne, il s'accroche à elle, parce qu'elle seule le protège. Il est le fils de sa mère ; pas le fils de son père. Son père, il le renie et le déteste. Il n'oubliera jamais ce jour, il y a deux ans, où pour la seule et unique fois sa mère a lâché son père sur lui, comme un chien dont on lâche la chaîne (« Je suis à bout, je n'en peux plus ! ») et les yeux de son père étaient encore plus bleus de colère tandis qu'il le secouait et le giflait.

Il faut absolument qu'il aille à la ferme parce que c'est l'endroit qu'il aime le plus au monde, il ne peut imaginer en aimer jamais un autre davantage. Tout ce qu'il y a de compliqué dans l'amour qu'il porte à sa mère est sans complication dans l'amour qu'il porte à la ferme. Pourtant du plus loin qu'il se souvienne, il y a dans cet amour une pointe de souffrance. Il va faire des séjours à la ferme, mais il n'y habitera jamais. Il n'est pas chez lui à la ferme ; il n'y sera jamais qu'un invité, un invité mal à l'aise. Maintenant déjà, de jour en jour, la ferme et lui s'éloignent l'un de l'autre, sur des chemins différents qui, loin de se rapprocher, s'écartent de plus en plus. Un jour viendra où la ferme ne sera plus là, elle sera totalement perdue ; et déjà il pleure cette perte.

La ferme appartenait autrefois à son grand-père, mais son grand-père est mort et elle est revenue à l'oncle Son, le frère aîné de son père. Son était le seul à avoir les aptitudes nécessaires pour exploiter une ferme ; les autres frères et sœurs n'ont été que trop contents de fuir vers les villes, petites ou grandes. Néanmoins, dans un certain sens, la ferme où ils ont grandi est encore à eux. Si bien qu'au moins une fois par an, et quelquefois deux, son père retourne à la ferme et il l'emmène avec lui.

La ferme s'appelle Voëlfontein, la fontaine aux oiseaux ; il aime chaque pierre de cette terre, chaque buisson, chaque brin d'herbe, il aime les oiseaux qui lui ont donné son nom, ces oiseaux qui, lorsque le soir descend, se rassemblent par milliers dans les arbres autour de la fontaine, se jettent des appels, ébouriffent leur plumage avec des bruits étouffés, s'installent pour la nuit. Il est inconcevable que quiconque puisse aimer la ferme autant que lui. Mais il ne peut pas parler de cet amour, non seulement parce que les gens normaux ne parlent pas de ces choses-là, mais parce que l'avouer serait trahir sa mère. Ce serait la trahir, non seulement parce qu'elle aussi vient d'une ferme – une ferme rivale au fin fond du pays, dont elle parle avec amour et nostalgie, et où elle ne peut retourner car la ferme a été vendue à des étrangers –, mais aussi parce qu'elle n'est pas vraiment bienvenue dans cette ferme-ci, la vraie ferme, Voëlfontein.

Pourquoi il en est ainsi, elle ne l'explique jamais – et en fin de compte, il lui en est reconnaissant –, mais peu à peu il arrive à reconstituer l'histoire. Durant une longue période, pendant la guerre, sa mère a habité avec ses deux enfants dans une seule pièce qu'elle louait dans la petite ville de Prince-Albert, où elle vivait tant bien que mal des six livres que son père leur envoyait sur sa solde de caporal, plus deux livres qu'elle recevait du Fonds d'assistance du gouverneur général. Pendant tout ce temps, ils n'ont pas été invités une seule fois à la ferme qui n'était pourtant qu'à deux heures de route de Prince-Albert. Il connaît cette partie de l'histoire, parce que même son père, à son retour de la guerre, était furieux et avait honte de la manière dont on les avait traités.

De Prince-Albert, il ne se rappelle que le bourdonnement des moustiques dans les longues nuits étouffantes, et sa mère qui allait et venait en combinaison, couverte de sueur, avec ses jambes lourdes, ses mollets gras sillonnés de varices, essayant de calmer son petit frère qui pleurait tout le temps ; et les journées d'ennui mortel passées derrière les volets tirés pour s'abriter du soleil. C'était la vie qu'ils avaient, coincés là-bas, trop pauvres pour aller ailleurs, dans l'attente de l'invitation qui n'est jamais venue.

Aujourd'hui encore, les lèvres de sa mère se crispent quand on parle de la ferme. Cependant quand ils y vont pour Noël, elle vient avec eux. Le ban et l'arrière-ban de la famille se retrouvent. On installe des lits, des matelas, des lits de camp dans toutes les pièces, et même sur le stoep qui longe toute la maison : une année à Noël, il les a comptés, ils étaient vingt-six. Du matin au soir, sa tante et les deux bonnes s'affairent dans les vapeurs de la cuisine devant les marmites et le four, sans relâche d'un repas à l'autre, et n'arrêtent pas de servir du thé ou du café et des gâteaux, tandis que les hommes installés sur le stoep

contemplent le Karoo qui chatoie sous le soleil et se racontent des histoires du bon vieux temps.

Il s'imprègne avidement de cette atmosphère, il ne perd pas une goutte de ce bonheur de parler n'importe comment, dans ce mélange d'anglais et d'afrikaans qui est leur langue commune quand ils se retrouvent. Il aime cette langue souple et chantante qui l'amuse avec ses particules qui se glissent ici et là au détour des phrases. C'est plus léger, plus enlevé que l'afrikaans qu'ils étudient à l'école et qui est alourdi par des idiomes qui sont censés venir du *volksmond*, le parler du peuple, mais qui ont plutôt l'air de venir tout droit du Grand Trek, des idiomes pesants et qui n'ont aucun sens, truffés de chariots et de bœufs, et de pièces d'attelage.

La première fois qu'il est allé à la ferme, du vivant de son grand-père, il y avait encore tous les animaux de ferme de ses livres d'histoires : des chevaux, des ânes, des vaches avec leurs veaux, des cochons, des canards, toute une colonie de poules avec un coq qui chantait au point du jour, des biquettes et de gros boucs à barbiche. Et puis, après la mort de son grand-père, il y a eu de moins en moins d'animaux de basse-cour, et pour finir il n'est resté que des moutons. D'abord on a vendu les chevaux, puis on a fait de la charcuterie avec les cochons (il a regardé son oncle abattre le dernier : la balle l'a atteint derrière l'oreille ; il a poussé un grognement, a lâché un gros pet, et s'est écroulé, sur les genoux d'abord, puis a roulé sur le côté, agité de frissons). Ensuite les vaches sont parties à leur tour, et les canards.

C'était à cause du prix de la laine. Les Japonais payaient la laine une livre sterling la livre : c'était plus facile d'avoir un tracteur que d'entretenir des chevaux, plus facile de prendre la Studebaker neuve pour aller à Fraserburg Road acheter du beurre surgelé et du lait en poudre, plutôt que de traire les vaches et baratter la crème. Il n'y en avait plus que pour les moutons, les moutons et leur toison d'or.

On a pu aussi se débarrasser des lourds travaux des champs. On ne cultive plus à la ferme que la luzerne, au cas où on viendrait à manquer de pâturages et où il faudrait du fourrage pour les moutons. Des vergers, il ne reste qu'un petit bois d'orangers qui donnent tous les ans des navels délicieusement sucrées.

Lorsque, requinqués par une sieste après le repas, ses oncles et tantes se retrouvent ensemble sur le stoep pour raconter des histoires en buvant du thé, il leur arrive souvent de parler du bon vieux temps. Ils évoquent leur père, le *gentleman farmer* qui avait une calèche et deux chevaux, et qui, sur les terres en dessous du barrage, cultivait du blé qu'il battait lui-même et dont il faisait de la farine. « Eh oui, c'était le bon temps », disent-ils en soupirant.

Ils se bercent de la nostalgie du temps jadis, mais aucun d'eux ne voudrait retourner en arrière. Lui, si. Il voudrait que tout soit comme c'était autrefois.

Dans un coin du stoep, à l'ombre d'un bougainvillée, est suspendue une gourde de toile. Plus il fait chaud, plus l'eau est fraîche – un miracle, comme le miracle de la viande qui est pendue dans la remise sombre et qui ne pourrit pas, comme le miracle des potirons posés sur le toit, sous un soleil de feu, et qui restent frais. A la ferme, on dirait que rien ne pourrit.

L'eau de la gourde est fraîche par magie, mais il n'en tire jamais qu'une gorgée à la fois. Il est fier de boire si peu. Cela lui sera bien utile, espère-t-il, si jamais il se perd sur le veld. Il veut être une créature du désert, de ce désert-ci, comme un lézard.

Juste au-dessus de la maison, il y a un réservoir aux murs de pierre, de quatre mètres sur quatre, rempli par une éolienne qui fournit l'eau nécessaire à la maison et au jardin. Un jour où il fait chaud, lui et son frère mettent à l'eau un tub de fer galvanisé, ils grimpent dedans au risque de chavirer, et en pagayant des mains ils vont et viennent d'un bord à l'autre.

Il a peur de l'eau ; pour lui cette aventure est un moyen de surmonter sa peur. Leur bateau se balance doucement au milieu du réservoir. La surface de l'eau miroite et lance des traits de lumière éblouissants ; il n'y a pas un bruit sauf le crissement des cigales. Entre lui et la mort, il n'y a qu'une mince feuille de métal. Pourtant il se sent relativement en sécurité, au point qu'il pourrait presque s'assoupir. On est à la ferme : aucun malheur ne peut arriver ici.

Il a déjà été en bateau, une seule fois, quand il avait quatre ans. Un homme (qui ? il essaie bien de se le rappeler, mais il n'y arrive pas) les a emmenés en barque sur la lagune de Plettenberg Bay. C'était censé être une promenade agréable à la rame, mais tout le temps qu'elle a duré, il est resté figé, l'œil fixé sur le rivage au loin. Il n'a regardé qu'une fois par-dessus bord. De longues algues ondulaient languissamment dans les profondeurs au-dessous d'eux. C'était ce qu'il craignait, et même pire ; il a été pris de vertige. Seules ces planches fragiles, qui gémissaient à chaque coup d'aviron comme si elles allaient craquer, l'empêchaient de sombrer et de périr. Il s'est cramponné encore plus fort et il a fermé les yeux, pour refouler la panique qui montait en lui.

Il y a deux familles métisses à Voëlfontein, qui ont chacune leur maison. Il y a aussi, près du mur du réservoir, la maison, maintenant sans toiture, dans laquelle Outa Jaap vivait autrefois. Outa Jaap était à la ferme bien avant son grand-père ; lui-même se rappelle Outa Jaap, un très vieil homme, avec des yeux laiteux et aveugles, une bouche édentée et des mains noueuses, assis sur un banc au soleil, à qui on l'a mené avant qu'il meure, peut-être pour qu'il le bénisse, il ne sait pas trop. Outa Jaap n'est plus là aujourd'hui, mais on continue à prononcer son nom avec respect. Pourtant quand il demande ce qu'Outa Jaap avait de spécial, les réponses qu'il obtient n'ont rien d'extraordinaire. Outa Jaap, lui dit-on, est de l'époque avant qu'on mette les clôtures contre les chacals, du temps où le berger qui emmenait ses moutons dans l'un des pâturages éloignés était censé rester avec eux et les surveiller pendant des semaines d'affilée. Outa Jaap était d'une génération qui n'est plus. C'est tout.

Néanmoins, il sent bien ce qu'on cache derrière ces mots. Outa Jaap faisait partie de la ferme ; si son grand-père l'avait achetée, s'il en était légalement propriétaire, Outa Jaap était de cette terre, il en savait plus sur tout ce qui la concernait, sur les moutons, le veld, les intempéries, plus que le nouveau venu n'en saurait jamais. C'est pour cela qu'il fallait avoir des égards pour Outa Jaap ; c'est pour cela qu'il est hors de question de se débarrasser de Ros, le fils d'Outa Jaap, qui a maintenant une quarantaine d'années, et qui n'est pas si bon ouvrier, qui a tendance à mal comprendre ce qu'on lui demande, et sur qui on ne peut pas compter.

Il va de soi que Ros passera sa vie à la ferme et qu'il y mourra, et que l'un de ses fils prendra sa suite. Freek, l'autre employé, est plus jeune, plus vif que Ros, il pige plus vite, et on peut lui faire confiance. Cependant, lui n'est pas de la ferme, et il n'est pas dit qu'il y restera.

Quand il vient à la ferme, après Worcester où les Métis ont toujours l'air de mendier quelque chose (*Asseblief my nooi ! Asseblief my basie !*), c'est un soulagement de voir comme les rapports sont corrects et réglés entre son oncle et le *volk*, ses gens. Tous les matins, son oncle discute des travaux de la journée avec ses deux hommes. Il ne leur donne pas d'ordres. Sa méthode est de proposer les tâches à exécuter, une à une, comme on distribue des cartes à jouer ; ses hommes distribuent leurs cartes aussi. Dans l'entre-temps on marque des pauses, il y a de longs silences où chacun réfléchit et où il ne se passe rien. Puis, tout d'un coup, mystérieusement, tout semble réglé : celui-ci ira là, celui-là se chargera de ça. « *Nouja, dan sal ons maar loop, baas Sonnie !* » Allez, on y va ! Et Ros et Freek mettent leur chapeau et partent vite se mettre au travail.

C'est la même chose à la cuisine. Il y a deux femmes qui travaillent à la cuisine : la femme de Ros, Tryn, et Lientjie, sa fille d'un autre lit. Elles arrivent à l'heure du petit déjeuner et elles partent après le repas de midi, le gros repas de la journée, le repas qu'ici on appelle le dîner. Lientjie est si timide avec les étrangers qu'elle se cache la figure et glousse quand on lui parle. Mais s'il va se poster à la porte de la cuisine, il entend le va-et-vient des propos qu'échangent sa tante et les deux femmes dans leur bavardage continu et tranquille ; mine de rien, il adore écouter ces commérages dits d'une voix douce, apaisante, des histoires qu'on se passe de bouche à oreille, au point que ce n'est pas seulement la ferme, mais le village de Fraserburg Road et le quartier des Métis à la périphérie du village qui sont pris dans la trame de ces histoires, ainsi que toutes les fermes de la région : au fil des bavardages se tisse une toile blanche et douce qui recouvre le passé et le présent, une toile qui au même moment se tisse dans les autres cuisines, la cuisine des Van Rensburg, la cuisine des Alberts, la cuisine des Nigrini, et toutes les cuisines de la famille Botes : celle-ci qui a épousé celui-là, la belle-mère d'un tel qui va se faire opérer de ci ou de ça, le fils Untel qui réussit si bien à l'école, la fille des Untels qui a fait des bêtises, les autres qui ont des visites, et les toilettes que portait celle-ci ou celle-là pour telle ou telle occasion.

Mais c'est surtout à Ros et Freek qu'il a affaire. Il brûle de savoir comment ils vivent. Est-ce qu'ils portent des maillots de corps et des caleçons comme les Blancs ? Est-ce que chez eux chacun a son lit ? Est-ce qu'ils dorment tout nus ou dans leurs habits de travail, ou est-ce qu'ils mettent des pyjamas ? Est-ce qu'ils prennent leurs repas comme il faut, à table, et mangent avec des couteaux et des fourchettes ?

Il n'a aucun moyen de trouver les réponses à ces questions, car on ne l'encourage pas à aller chez eux. Ce serait mal élevé, lui dit-on – mal élevé parce que Ros et Freek seraient gênés.

Si ce n'est pas gênant d'avoir la femme de Ros et sa fille pour travailler dans la maison, pour faire les repas, la lessive, les lits, pourquoi est-ce que ça serait gênant de leur rendre visite chez eux, il a bien envie de le demander.

Le raisonnement a l'air de se tenir, mais en fait, il ne tient pas, il le sait bien. Car la vérité est que c'est bel et bien gênant d'avoir Tryn et Lientjie dans la maison. Ça ne lui plaît pas de croiser Lientjie dans le couloir : il faut qu'elle fasse semblant d'être invisible et lui doit faire comme si elle n'était pas là. Ça ne lui plaît pas de voir Tryn à genoux au-dessus de la bassine à linge en train de laver ses affaires. Il ne sait comment lui répondre quand elle s'adresse à lui à la troisième personne, en l'appelant « *die kleinbaas* », le petit monsieur, comme s'il n'était pas là. Tout cela est profondément gênant.

Les choses sont plus faciles avec Ros et Freek. Mais même avec eux, il faut qu'il s'exprime avec des phrases alambiquées pour éviter de leur dire « *jy* » – tu – quand eux l'appellent « *kleinbaas* ». Il ne sait pas trop si Freek compte pour un adulte ou pour un jeune garçon, et s'il ne se ridiculise pas en traitant Freek comme un homme. Avec les Métis, de façon générale, et avec les gens du Karoo en particulier, il ne sait tout simplement pas quand ils cessent d'être des enfants pour devenir des hommes et des femmes. Le changement semble se produire si tôt, et si brusquement : un jour ils s'amusent avec des jouets, et le lendemain ils sont au travail avec les hommes, ou dans une cuisine en train de faire la vaisselle.

Freek est gentil, il parle d'une voix douce. Il a un vélo avec de gros pneus, et une guitare ; le soir, assis devant sa chambre, il joue de la guitare pour lui tout seul, en souriant de son sourire un peu absent. Le samedi après-midi, il s'en va à vélo jusqu'au quartier métis de Fraserburg Road et il y reste jusqu'au dimanche soir, il ne rentre que bien après la tombée de la nuit : à des kilomètres de distance, ils voient la petite tache de lumière du phare de son vélo qui danse dans la nuit. Cela lui paraît héroïque de faire une aussi longue route à vélo. Il ferait de Freek un de ses héros, si on le lui permettait.

Freek est un employé, on lui paie des gages, on peut lui donner ses huit jours et l'envoyer se faire pendre ailleurs. Et pourtant quand il voit Freek accroupi, en train de fumer sa pipe en contemplant le veld, il lui semble que Freek appartient à cette terre plus étroitement que les Coetzee – peut-être pas à Voëlfontein, mais en tout cas au Karoo. Le Karoo est le pays de Freek, il est de là ; les Coetzee, qui boivent du thé en faisant leurs commérages sur le stoep de la grande maison, sont comme des hirondelles, des oiseaux de passage, ici aujourd'hui, demain ailleurs, ou même comme des moineaux qui sautillent, qui pépient et qui mourront demain.

Mais ce qu'il y a de mieux à la ferme, ce qu'il y a de mieux dans l'absolu, c'est la chasse. Son oncle n'a qu'un fusil, un Lee-Enfield 303, qui est lourd et qui tire des balles trop grosses pour certain gibier (un jour son père a tiré un lièvre avec ce fusil et il ne restait rien de l'animal que des lambeaux sanglants). Alors, quand il vient à la ferme, ils empruntent un vieux calibre 22 à l'un des voisins. On n'y met qu'une cartouche à la fois, qu'on charge directement dans la culasse ; quelquefois le fusil s'enraye et ça lui laisse un sifflement dans les oreilles qui dure des heures. Il n'arrive jamais à abattre la moindre pièce avec ce fusil, sauf des grenouilles qu'il tire dans le réservoir et des muis-voëls, des veuves grises, dans le verger. Mais jamais il ne vit plus intensément que par ces petits matins où lui et son père partent avec leurs fusils, remontent le lit de la Boes-manrivier en quête de gibier : de petites antilopes, steen-bok, duiker, des lièvres et, sur les versants pelés des colli-nes, des korhaan, des outardes.

Chaque année en décembre, lui et son père ne manquent

pas de venir à la ferme pour chasser. Ils prennent le train, pas le Trans-Karoo Express ni l'Orange Express, et encore moins le Train bleu, qui sont tous trop chers et qui de toute façon ne s'arrêtent pas à Fraserburg Road, mais le train ordinaire, qui s'arrête à toutes les gares, même dans les trous perdus, et qui est parfois obligé de se mettre sur une voie de garage en attendant que les express plus célèbres passent comme l'éclair. Il adore cet omnibus, il adore se pelotonner pour la nuit sous les draps blancs, bien propres et les couvertures bleu marine que leur apporte le préposé aux couchettes, il adore se réveiller au milieu de la nuit dans une petite gare silencieuse en pleine campagne, dans les sifflements de la machine au repos, et entendre le bruit métallique du marteau quand le mécanicien vérifie les roues. Et puis, à l'aube, quand ils arriveront à Fraserburg Road, l'oncle Son sera là à les attendre, avec son large sourire, et son chapeau de feutre tout taché et il dira : « *Jis-laaik, maar jy word darem groot, John !* » Eh bien, comme te voilà grand ! Il lâchera un sifflement entre ses dents, ils pourront mettre leurs bagages dans la Studebaker et on démarrera pour la longue route jusqu'à la ferme.

On a toutes sortes de façons de chasser à Voëlfontein : il les accepte toutes sans discuter. Il reconnaît que la chasse a été bonne s'ils ont levé un seul lièvre ou s'ils ont entendu une paire de korhaan qui glougloute dans le lointain. Cela fait déjà une bonne histoire à raconter au reste de la famille, qui, à l'heure où ils rentrent en fin de matinée, alors que le soleil est déjà haut, est installée sur le stoep à boire du café. Mais la plupart du temps, ils n'ont rien à raconter, rien du tout.

Ça ne sert à rien d'aller chasser en pleine chaleur, quand les animaux qu'ils veulent tirer somnolent à l'ombre. Mais en fin d'après-midi, il leur arrive d'aller faire un tour avec la Studebaker sur les chemins de terre, l'oncle Son au volant, son père à côté avec le fusil et lui et Ros sur les strapontins à l'arrière.

Normalement ce serait à Ros de sauter de la voiture pour ouvrir les barrières les unes après les autres, et de les refermer une fois la voiture passée. Mais lors de ces sorties de chasse, c'est à lui que revient le privilège d'ouvrir les barrières sous l'œil approbateur de Ros. Ils sont en quête du fameux paauw, sorte d'outarde. Mais comme on ne voit les paauw qu'une ou deux fois par an – ces volatiles sont si rares qu'on risque une amende de cinquante livres si on les tire et si l'on se fait prendre –, ils se résignent à chasser le korhaan. Ros est de la partie parce qu'étant bochiman, ou presque bochiman, il est censé avoir une vue quasi exceptionnelle.

Et, de fait, c'est Ros qui est le premier à repérer les korhaan et les signale d'un coup du plat de la main sur le toit de la voiture : ce sont des oiseaux, d'un gris tirant sur le brun, gros comme de jeunes poules, qui courent en groupe de deux ou trois dans les broussailles. La Studebaker s'arrête ; son père pose le canon du Lee-Enfield sur l'encadrement de la fenêtre et vise ; l'écho du coup résonne dans tout le veld. Parfois les oiseaux, effrayés, s'envolent ; le plus souvent ils se contentent de trotter un peu plus vite, en faisant entendre leur gargouillement caractéristique. Jamais son père n'arrive à tuer un korhaan, de sorte qu'il n'a jamais l'occasion de voir un de ces volatiles de près (d'après le dictionnaire afrikaans-anglais, ce sont des *bush-bustards*, des outardes de brousse).

Pendant la guerre, son père était artilleur : il avait la charge d'un canon de DCA Bofors et il tirait sur les avions allemands et italiens. Il se demande si son père a jamais abattu un seul avion : en tout cas, il ne s'en vante pas. Comment est-il devenu artilleur ? Il n'est pas du tout doué pour le tir. Est-ce qu'on mettait les soldats à un poste ou à un autre au hasard ?

La seule forme de chasse à laquelle ils réussissent bien est la chasse de nuit : il découvre bien vite que c'est quelque chose de honteux et dont il n'y a pas lieu de se vanter. La technique est toute simple. Après souper, ils montent dans la Studebaker et l'oncle Son les emmène dans le noir à travers les champs de luzerne. A un moment donné, il arrête la voiture et allume les phares. A moins de trente mètres devant eux un steenbok se tient figé, les oreilles pointées vers eux, avec la lumière des phares qui se reflète dans ses yeux éblouis. « *Skiet !* » siffle son oncle. Son père tire et l'antilope s'écroule.

A ce qu'ils disent, il n'y a rien de mal à chasser comme ça parce que ces antilopes sont des animaux nuisibles qui mangent la luzerne destinée aux moutons. Mais quand il voit comme l'antilope morte est petite, pas plus grosse qu'un chien, il comprend qu'ils se payent de mots. Ils chassent la nuit parce qu'ils ne sont pas assez bons chasseurs pour tuer quoi que ce soit de jour.

En revanche, la viande de ce gibier, marinée dans du vinaigre et rôtie (il regarde sa tante entailler légèrement la viande sombre pour y glisser des clous de girofle et de l'ail) est encore plus délicieuse que le mouton, avec un goût un peu fort et d'un tendre..., si tendre qu'elle fond dans la bouche. Tout est délicieux dans le Karoo, les pêches, les pastèques, les potirons, le mouton, comme si tout ce qui arrive à se nourrir de cette terre aride en était béni.

Ils ne seront jamais de grands chasseurs. Mais, quand même, il aime sentir le poids du fusil dans sa main, le bruit de leurs pas sur le sable gris du lit de la rivière, le silence qui descend lourdement comme un nuage quand ils font une halte, et ce paysage qui les entoure de toutes parts, ce paysage bien-aimé d'ocre, de gris, de fauve et de vert olive.

Le dernier jour, avant de repartir, comme un rite, on lui permet de tirer ses dernières cartouches de 22 sur une boîte en fer-blanc posée sur un poteau de clôture. C'est un moment délicat. Ce fusil emprunté ne vaut rien, et il n'est pas bon tireur. Sous les yeux de toute la famille rassemblée sur le stoep, il tire ses cartouches à toute vitesse, ratant la cible plus souvent qu'il ne l'atteint.

Un matin, alors qu'il est seul dans le lit de la rivière à la chasse aux muisvoëls, le 22 s'enraye. Il n'arrive pas à dégager la douille coincée dans la culasse. Il revient à la maison avec le fusil, mais l'oncle Son et son père sont partis quelque part dans le veld. « Demande donc à Ros ou à Freek », lui dit sa mère. Il finit par trouver Freek à l'écurie. Mais Freek ne veut pas toucher au fusil. Même chose avec Ros quand il va le trouver. Ils ne veulent pas dire pourquoi, mais ils semblent avoir une sainte peur des fusils. Il faut donc qu'il attende le retour de son oncle qui libère la douille avec son canif. « J'ai demandé à Freek et à Ros, se plaint-il, mais ils n'ont pas voulu le faire. » Son oncle secoue la tête. « Il ne faut pas leur demander de toucher à un fusil, dit-il. Ils savent bien qu'il ne faut pas, on le leur défend. »

Il ne faut pas. On le leur défend. Pourquoi ? Personne n'est disposé à le lui expliquer. Mais cette interdiction le fait réfléchir : il ne faut pas. Il entend l'expression plus souvent à la ferme que partout ailleurs, plus souvent même qu'à Worcester. C'est une expression bizarre, sur laquelle on peut facilement faire une faute d'orthographe en anglais, à cause du *t* qu'on n'entend pas. « Il ne faut pas toucher à ça. » « Il ne faut pas manger ça. » Est-ce que cela serait le prix à payer, s'il renonçait à aller à l'école et suppliait qu'on le laisse venir vivre ici, à la ferme : il faudrait qu'il cesse de poser des questions, qu'il respecte toutes les interdictions, qu'il fasse ce qu'on lui dit de faire sans discuter ? Serait-il prêt à filer doux et à payer ce prix ? N'y a-t-il pas moyen de vivre dans le Karoo, le seul endroit au monde où il ait envie de vivre, et d'y vivre comme il voudrait, sans être rattaché à toute une famille ?

Les terres de la ferme sont immenses, tellement immenses qu'un jour où il est à la chasse avec son père, qu'ils arrivent à une clôture en travers du lit de la rivière et que son père lui annonce qu'ils ont atteint la limite entre Voëlfontein et la ferme voisine, il n'en revient pas. Il s'imagine que Voëlfontein est tout un royaume. Une vie entière ne suffirait pas pour connaître Voëlfontein de fond en comble, pour en connaître chaque pierre, chaque buisson. Il n'y a jamais assez de temps quand on aime un lieu d'un amour aussi dévorant.

Il connaît Voëlfontein surtout l'été, écrasée par la lumière crue, aveuglante, qui tombe des hauteurs du ciel. Pourtant Voëlfontein a aussi ses mystères, des mystères qui ne viennent pas de la nuit ou de l'ombre, mais de ces chaudes après-midi, où des mirages dansent à l'horizon et que l'air, rien d'autre que l'air, lui chante aux oreilles. Alors, quand tout le monde somnole, accablé de chaleur, il peut se glisser hors de la maison sur la pointe des pieds, et grimper la colline jusqu'au labyrinthe de kraals entourés de murs de pierre qui remontent au temps jadis, à l'époque où il fallait ramener les moutons par milliers du veld, pour les compter, les tondre ou les laver et les traiter. Les murs des kraals ont cinquante centimètres d'épaisseur et sont plus hauts que lui ; ils sont construits avec des pierres plates gris-bleu, qui ont été montées jusque-là en charrette à âne. Il essaie de se représenter les troupeaux de moutons, tous morts, disparus aujourd'hui, qui ont dû se mettre à l'abri du soleil à l'ombre de ces murs. Il essaie de se représenter ce qu'a dû être Voëlfontein alors que la grande maison, les dépendances et les kraals étaient encore en construction : un chantier qui progressait d'année en année par un patient travail de fourmi. Aujourd'hui les chacals qui attaquaient les moutons ont été exterminés, abattus ou empoisonnés, et les kraals qui ne servent plus à rien tombent en ruine.

Les murs de ces kraals courent à flanc de colline sur des kilomètres. Rien ne pousse ici : la terre a été piétinée, aplatie, tuée, il ne sait comment : elle a un aspect malsain, jaune, marqué de taches. Une fois derrière les murs, il est coupé de tout, sauf du ciel. On l'a averti de ne pas venir ici à cause des serpents et parce que personne ne l'entendra s'il appelle au secours. Les serpents, on l'a prévenu, n'aiment rien mieux que ces chaudes après-midi : ils sortent tous de leurs trous, les serpents à lunettes, les vipères, les skaapsteker, tous ces animaux à sang froid viennent se prélasser au soleil, et se réchauffer.

Il n'a encore jamais vu de serpent dans les kraals ; il fait quand même attention où il pose les pieds.

Freek trouve un de ces skaapsteker, des serpents venimeux qui s'en prennent aux moutons, derrière la cuisine, là où les femmes étendent le linge. Il le tue à coups de bâton et étend le long corps jaune sur un buisson. Pendant des semaines les femmes refusent de s'approcher. Les serpents se marient pour la vie entière, dit Tryn ; si on tue le mâle, la femelle vient chercher vengeance.

Le printemps, le mois de septembre, est le meilleur moment pour venir dans le Karoo, bien qu'il n'y ait qu'une semaine de vacances. Ils se trouvent à la ferme une année en septembre quand arrivent les tondeurs de moutons. Ils surgissent soudain, venus d'on ne sait où, sur leurs vélos, chargés de tout un barda de couvertures et d'ustensiles de cuisine.

Les tondeurs, il s'en rend compte, ne sont pas des gens comme tout le monde. Quand ils débarquent à la ferme, cela porte chance. Pour les retenir, on choisit et on abat un *hamel*, un bélier châtré, bien gras. Ils s'approprient l'ancienne écurie, où ils prennent leurs quartiers. Le feu brûle bien avant dans la nuit tandis qu'ils font ripaille.

Il écoute une longue discussion entre l'oncle Son et leur chef, qui est si foncé de teint et qui a l'air si farouche qu'on dirait presque un Noir, avec sa barbiche pointue et ses pantalons retenus par un bout de corde. Ils parlent du temps, de l'état des pâturages dans la région de Prince-Albert, dans la région de Beaufort, dans la région de Fraserburg, du prix de la tonte. L'afrikaans que parlent les tondeurs est si rocailleux, si truffé d'expressions bizarres, que c'est à peine s'il comprend ce qu'ils disent. D'où viennent-ils donc ? Y a-t-il une région plus reculée encore que la région de Voëlfontein, un arrière-pays, au cœur du pays, encore plus coupé du reste du monde ?

Le lendemain, une heure avant l'aube, il est réveillé par les piétinements des sabots quand la première fournée de moutons passe devant la maison pour être parquée dans les kraals à côté de la remise où on fait la tonte. Toute la maisonnée commence à se réveiller. On s'affaire à la cuisine d'où vient une odeur de café. Aux premières lueurs du jour, il est dehors, tout habillé, trop excité pour manger quoi que ce soit.

On lui donne quelque chose à faire. On lui confie une chope d'étain pleine de haricots secs. Chaque fois que l'un des tondeurs en a fini avec un mouton, il le libère avec une bonne claque sur la croupe, et jette la toison sur la table de tri, et le mouton, tout rose et tout nu, qui saigne là où les ciseaux ont égratigné la peau, file au trot vers le deuxième enclos : pour chaque mouton le tondeur peut prendre un haricot dans la chope, et il le fait avec un mouvement de la tête pour remercier en disant : « *My basie !* »

Quand il en a assez de tenir la chope (les tondeurs peuvent très bien prendre les haricots tout seuls, ce sont des gars de la campagne qui ne savent pas ce que c'est que la malhonnêteté), lui et son frère aident à bourrer les balles, en sautant sur l'épaisse couche de laine chaude et grasse. Sa cousine Agnès est là aussi, en visite de Skipperskloof. Elle et sa sœur se mettent de la partie et tous les quatre se bousculent, et chahutent en riant comme des fous, comme s'ils étaient sur un grand lit de plume.

Agnès tient dans sa vie une place qu'il ne comprend pas encore. La première fois qu'il l'a vue, il avait sept ans. Ils avaient été invités à Skipperskloof, et ils sont arrivés tard dans l'après-midi après un long voyage en train. Des nuages couraient dans le ciel, le soleil brillait sans chaleur. Dans cette lumière d'hiver froide, le veld était une étendue d'un bleu rougeâtre sans la moindre touche de vert. Même la maison n'avait pas l'air accueillante : c'était un rectangle blanc, austère, surmonté d'un toit de zinc très pentu. Ce n'était pas du tout comme la ferme de Voëlfontein ; ça ne lui plaisait pas du tout.

Agnès, qui a quelques mois de plus que lui, était chargée de lui tenir compagnie. Elle l'a emmené faire une balade dans le veld. Elle était pieds nus ; on ne lui avait jamais acheté de chaussures. Bientôt ils se sont retrouvés hors de vue de la maison, en plein veld. Ils se sont mis à bavarder. Elle avait des tresses et elle zozotait, ce qui lui plaisait. Il est sorti de sa réserve. Et comme il parlait, il ne savait même plus quelle langue il parlait : en lui, ses pensées se changeaient naturellement en mots, en mots transparents.

Ce qu'il a dit à Agnès cet après-midi-là, il ne se le rappelle plus. Mais il lui a tout dit, tout ce qu'il faisait, tout ce qu'il savait, tout ce qu'il espérait. En silence, elle a tout bien écouté. Tout en parlant il se rendait compte que, grâce à elle, ce n'était pas un jour comme les autres.

Le soleil a commencé à descendre, dans un embrasement pourpre mais glacé. Les nuages se sont assombris, le vent s'est fait plus aigre, et transperçait ses vêtements. Agnès n'avait sur le dos qu'une légère robe de coton ; elle avait les pieds bleuis de froid.

« Mais où est-ce que vous étiez ? Qu'est-ce que vous faisiez donc ? » ont demandé les grandes personnes quand ils sont rentrés. « *Niks nie* », a répondu Agnès. Rien.

Ici, à Voëlfontein, Agnès n'a pas la permission d'aller à la chasse, mais elle peut se promener avec lui sur le veld ou aller avec lui attraper des grenouilles dans la retenue du barrage. Être avec elle, ce n'est pas la même chose qu'être avec ses copains d'école. Cela tient à sa douceur, à l'intérêt avec lequel elle l'écoute, mais aussi à ses jambes minces et brunes, à ses pieds nus, à sa façon de sauter légèrement de pierre en pierre. Il est intelligent, il est le premier de sa classe ; on dit qu'elle aussi est intelligente ; ils se baladent en parlant de choses qui feraient hocher la tête aux grandes personnes : ils se demandent si l'univers a eu un commencement ; ce qu'il y a derrière Pluton, la planète sombre ; où est Dieu, s'il existe.

Comment se fait-il qu'il puisse parler si facilement à Agnès ? Est-ce parce que c'est une fille ? A tout ce qui vient de lui elle semble réagir volontiers, sans réserve, avec douceur. C'est sa cousine germaine, ils ne peuvent donc pas tomber amoureux l'un de l'autre, ni se marier. D'un côté, c'est mieux ainsi : cela leur permet d'être amis et il peut lui ouvrir son cœur. Mais est-il malgré tout amoureux d'elle ? Est-ce que c'est cela l'amour, cette générosité sans contrainte, ce sentiment d'être enfin compris, de ne pas avoir à faire semblant ?

Toute la journée et le jour suivant, les tondeurs sont au travail ; ils s'arrêtent à peine pour manger, ils se lancent des défis à qui travaillera le plus vite. Au soir du deuxième jour, ils en ont fini, tous les moutons de la ferme ont été tondus. L'oncle Son apporte un sac de toile plein de billets et de pièces, et chaque tondeur reçoit son dû selon le nombre de haricots qu'il a amassés. On fait un autre feu, et un autre festin. Le lendemain matin, ils sont partis et la ferme retrouve ses habitudes et sa vie tranquille.

Il y a tant de balles de laine qu'elles ne tiennent pas toutes dans la remise. L'oncle Son passe de l'une à l'autre avec un pochoir et un tampon encreur, pour marquer chacune d'elles de son nom, du nom de la ferme, et indiquer la qualité de la laine. Plusieurs jours plus tard, un énorme camion arrive (comment est-ce qu'il a réussi à traverser le lit de sable de la Boesmanrivier où même les voitures s'enlisent ?) ; on charge les balles de laine et le camion les emporte.

Chaque année, c'est la même chose. Chaque année, les tondeurs viennent, chaque année, c'est une aventure, un événement. Cela ne cessera jamais ; il n'y a aucune raison que cela cesse, ça durera jusqu'à la fin des temps.

Le lien secret et sacré entre lui et la ferme tient en une

expression, en un mot. Quand il est tout seul dans le veld, il peut le dire à haute voix : *je suis à la ferme, je suis à ma place*. Mais ce qu'il croit en fait, mais qu'il ne dit jamais tout haut et qu'il garde pour lui de crainte de briser le charme, c'est un autre sens de cette construction : *je suis à la ferme, j'appartiens à la ferme*.

Il ne dit cela à personne parce que l'expression se prête aux malentendus, et peut facilement se retourner pour signifier *la ferme est à moi, elle m'appartient*. La ferme ne lui appartiendra jamais, il ne sera jamais ici qu'en visite : il accepte cette situation. La seule pensée de vivre pour de bon à Voëlfontein, d'appeler la vieille maison sa maison, de ne plus avoir à demander la permission de faire ce qu'il a envie de faire, lui donne le vertige ; il chasse cette pensée de son esprit. *J'appartiens à la ferme* : il n'ira pas plus loin, même au plus profond de son cœur. Mais au plus profond de son cœur, il sait bien ce que la ferme à sa manière sait aussi : Voëlfontein n'appartient à personne. La ferme est plus grande que n'importe lequel d'entre eux. La ferme existe de toute éternité. Quand ils seront tous morts, quand la maison même sera tombée en ruine comme les kraals sur la colline, la ferme sera toujours là.

Un jour qu'il est dans le veld, loin de la maison, il se baisse et il se frotte les mains avec de la poussière comme s'il se les lavait. C'est un rite. Il invente un rite. Il ne sait pas encore ce que ce rite signifie, mais il est bien content que personne ne soit là pour le voir et pour aller raconter ce qu'il a fait.

Appartenir à la ferme, c'est son destin secret, un destin qui lui est échu à sa naissance, mais qu'il épouse avec joie. Son autre secret, il a beau s'en défendre tant qu'il peut, est qu'il appartient encore à sa mère. Il ne lui échappe pas que ces deux servitudes sont en conflit. Et il ne lui échappe pas non plus que c'est à la ferme que sa mère a le moins de prise sur lui. Comme il lui est impossible, étant une femme, d'aller à la chasse, et même d'aller se promener dans le veld, elle est en position de faiblesse à la ferme.

Il a ainsi deux mères. Né deux fois : né d'une femme et né de la ferme. Deux mères et pas de père.

A moins d'un kilomètre de la ferme, la route fait une fourche : sur la gauche elle va à Merweville, sur la droite à Fraserburg. C'est à cet embranchement que se trouve le cimetière, sur un terrain entouré d'une clôture avec une barrière. Plus haut que toutes les autres se dresse la pierre tombale de marbre de son grand-père ; tout autour il y a une douzaine d'autres tombes, plus simples et plus basses, faites d'ardoise ; sur certaines sont gravés des noms et des dates, sur d'autres il n'y a rien d'écrit.

Son grand-père est le seul Coetzee dans ce cimetière, le seul à être mort depuis que la ferme est à la famille. C'est là qu'il a fini, cet homme qui a commencé comme marchand ambulant à Piketberg, puis qui a ouvert un magasin à Laingsburg et qui est devenu maire de la ville, qui a ensuite acheté un hôtel à Fraserburg Road. Il est sous terre ici, mais la ferme est toujours à lui. Ses enfants courent sur ce sol comme des nabots, et ses petits-enfants comme des fils de nabots.

De l'autre côté de la route, il y a un autre cimetière, sans clôture, celui-là, où les monticules de terre qui marquaient les tombes ont subi tant d'intempéries qu'ils ont été réabsorbés dans le sol. Ce sont les tombes des domestiques et des employés de la ferme, qui remontent au temps de Outa Jaap et même bien avant. Les quelques pierres tombales encore debout ne portent ni noms ni dates. Et pourtant il éprouve devant ces tombes une crainte, un respect bien plus grands que lorsqu'il se trouve au milieu des générations de Botes qui entourent son grand-père. Cela n'a rien à voir avec les revenants. Personne dans le Karoo ne croit aux revenants. Tout ce qui meurt ici meurt pour de bon et pour toujours : la chair est dévorée petit à petit par les fourmis, les os blanchis par le soleil, un point c'est tout.

Pourtant, entre ces tombes, il passe d'un pas craintif. De la terre monte un profond silence, si profond qu'on dirait presque des voix qui murmurent.

Quand il mourra, il veut être enterré à la ferme. S'ils ne veulent pas l'autoriser, il veut être incinéré et que ses cendres soient dispersées ici.

L'autre lieu où il fait chaque année un pèlerinage est Bloemhof, où se trouvait l'ancienne maison de la ferme. Il n'en reste rien maintenant, sauf les fondations qui n'ont aucun intérêt. Devant la maison, il y avait autrefois un réservoir qu'alimentait une source souterraine ; mais la source est tarie depuis longtemps. Du jardin et du verger qu'on avait plantés là, il n'y a plus la moindre trace. Mais à côté de l'emplacement de la source, de la terre nue et sèche, sort un énorme palmier solitaire. Dans le tronc de l'arbre des abeilles ont fait leur nid, de petites abeilles noires, mauvaises. Le tronc est noirci par la fumée des feux que les gens ont allumés au fil des années pour voler leur miel aux abeilles ; pourtant les abeilles sont restées, récoltant leur nectar Dieu sait où dans ce paysage gris et desséché.

Il voudrait que les abeilles reconnaissent que lui, quand il vient les voir, il vient avec de bonnes intentions, pas pour les voler, mais pour les saluer, pour leur rendre hommage. Mais quand il s'approche du palmier, elles se mettent à bourdonner avec furie ; des émissaires lui foncent dessus pour le tenir à distance ; une fois il doit même prendre la fuite, ignominieusement, poursuivi par l'essaim, courant à toutes jambes dans le veld, avec des zigzags et des battements de bras, encore heureux que personne ne soit là pour le voir et rire de lui.

Tous les vendredis, on abat un mouton pour les gens de la ferme. Il accompagne Ros et l'oncle Son quand ils vont choisir celui qui doit mourir ; et puis il reste à regarder pendant que sur l'aire d'abattage, derrière la remise, hors de vue de la maison, Freek immobilise les pattes de l'animal tandis que Ros, avec son petit couteau de poche qui n'a l'air de rien, lui tranche la gorge ; ensuite les deux hommes tiennent bon tandis que le mouton donne des coups de pieds, se débat et tousse en perdant son sang qui coule à flots. Il continue à regarder faire Ros quand il dépouille le corps encore chaud et suspend la bête au seringa, lui ouvre le ventre et en retire les viscères qu'il jette dans une bassine : l'estomac bleuté gonflé d'herbe, les intestins (il fait tomber d'une pression des doigts les dernières crottes que le mouton n'a pas eu le temps de lâcher), le cœur, le foie, les reins, tout ce qu'un mouton a dans le corps, et qu'il a dans le corps lui aussi.

Ros se sert du même couteau pour châtrer les agneaux. C'est une opération qu'il observe aussi. Les jeunes agneaux et leurs mères sont rassemblés et mis dans un enclos. Ensuite Ros circule parmi eux, il attrape les agneaux par une patte arrière, l'un après l'autre, il les force à se coucher et alors qu'ils bêlent de terreur, qu'ils poussent des appels désespérés, de son canif il leur ouvre les bourses. Il baisse la tête d'un mouvement vif et il saisit les testicules entre ses dents et d'un coup sec, il les arrache. On dirait deux petites méduses, avec une traîne de vaisseaux sanguins bleus et rouges.

Ros leur coupe aussi la queue, tant qu'il y est, et il la fiche en l'air, laissant à l'agneau un moignon sanglant.

Sur ses jambes courtes, dans les vieux pantalons déformés que quelqu'un lui a donnés et dont il a coupé les jambes au-dessous du genou, avec ses chaussures bricolées à la maison et son vieux feutre tout cabossé, Ros va et vient dans l'enclos comme un clown, choisissant les agneaux qu'il châtre sans pitié. A la fin de l'opération les pauvres agneaux qui saignent se serrent contre leurs mères, qui n'ont rien fait pour les protéger. Ros referme son couteau de poche. Il a fini ; il a un petit sourire satisfait.

Il ne voit pas comment parler de ce qu'il a vu. « Pourquoi

est-ce qu'il faut leur couper la queue aux agneaux ? » demande-t-il à sa mère. « Parce que sinon les mouches iraient pondre leurs œufs sous leurs queues », répond sa mère. L'un et l'autre, ils se jouent la comédie ; l'un comme l'autre, ils savent bien où il veut en venir avec sa question.

Un jour, Ros le laisse tenir son couteau de poche dans la main, et lui montre comme il peut facilement couper un cheveu. Le cheveu ne se plie pas, mais se coupe en deux dès que la lame le touche. Ros affûte son couteau tous les jours, il crache sur la pierre à aiguiser, et il passe et repasse la lame dessus, légèrement, sans appuyer. A force d'aiguiser, de couper et d'aiguiser encore, la lame est tout usée, toute mince. C'est pareil avec la pelle de Ros : il s'en sert depuis si longtemps, il l'a affûtée si souvent, qu'il ne reste presque plus de métal ; le bois du manche est lisse et noirci de sueur après toutes ces années.

« Tu ne devrais pas rester à regarder ça », lui dit sa mère, un vendredi quand il revient de l'abattage.

« Pourquoi ? »

« Parce que. »

« Moi, je veux regarder. »

Et il repart pour regarder Ros qui étale la peau et l'asperge de sel.

Ça lui plaît de regarder Ros et Freek et son oncle travailler. Pour profiter des cours favorables de la laine, Son veut avoir encore davantage de moutons à la ferme. Mais après des années de sécheresse, le veld n'est plus qu'un désert, l'herbe est rase et les buissons sont tout rabougris. Alors il entreprend de refaire toutes les clôtures, et de diviser la ferme en parcs à moutons plus petits, pour pouvoir faire passer les moutons d'un parc à un autre et laisser le veld reposer et l'herbe repousser. Lui, Ros et Freek partent tous les jours, ils plantent des poteaux dans le sol dur comme pierre, ils déroulent des rouleaux et des rouleaux de fil de fer, qu'ils tendent comme la corde d'un arc, et qu'ils fixent sur les poteaux.

L'oncle Son le traite avec gentillesse, mais il sait qu'en fait il ne l'aime pas. Comment le sait-il ? A l'air gêné de Son en sa présence, au ton forcé de sa voix. Si Son l'aimait vraiment, il serait libre dans ses manières avec lui, décontracté comme il l'est avec Ros et Freek. Mais, au lieu de cela, il s'applique à lui parler anglais, alors que lui répond toujours en afrikaans. Ils y mettent l'un et l'autre un point d'honneur et ils ne savent pas comment se sortir de ce piège.

Il se dit que ce n'est pas une animosité dirigée contre lui, mais que c'est parce que lui, le fils du frère cadet de Son, est plus vieux que le propre fils de Son, qui est encore tout petit. Mais il craint que ce soit un sentiment plus profond, que Son lui en veuille parce qu'il s'est mis du côté de sa mère, l'intruse, plutôt que du côté de son père ; et aussi parce qu'il n'est pas droit, pas honnête, pas franc.

Si, entre son propre père et Son, il pouvait se choisir un père, il choisirait Son, mais alors cela voudrait dire qu'il serait irrévocablement un Afrikaner, et qu'il devrait passer des années de purgatoire dans un internat afrikaans, comme tous les fils de fermiers, avant d'être autorisé à revenir à la ferme.

C'est peut-être ça la vraie raison pour laquelle Son ne l'aime pas : il sent qu'obscurément cet enfant bizarre le revendique, et il s'y refuse, comme un homme qui essaie de faire lâcher prise à un nourrisson qui s'accroche à lui.

Il observe Son tout le temps, il admire son savoir-faire dans tout ce qu'il fait, quand il soigne un animal malade ou quand il répare une éolienne. Ce qui le fascine surtout, c'est de voir comme il connaît bien les moutons. Rien qu'en regardant un mouton, Son peut non seulement dire son âge, mais aussi qui sont ses père et mère, dire non seulement quelle qualité de laine il va donner, mais la saveur qu'aura chaque morceau de l'animal. Il sait choisir le bon mouton selon qu'il veut faire griller des côtelettes, ou faire rôtir des gigots.

Quant à lui, il aime la viande. Il lui tarde toujours d'entendre la cloche qui annonce l'énorme repas de midi : des plats de pommes de terre rôties au four, du riz au safran avec des raisins secs, des patates douces caramélisées, du potiron au sucre brun et des cubes de pain tendre, des haricots assaisonnés à l'aigre-doux, de la salade de betterave, et au milieu de tout cela, à la place de choix, un grand plat de mouton avec de la sauce pour l'arroser. Pourtant, après avoir vu Ros abattre des moutons, il ne veut plus toucher à la viande crue. De retour à Worcester, il préfère ne pas entrer dans les boucheries. Cela le répugne de voir le boucher jeter avec désinvolture un morceau de viande sur l'étal, couper des tranches et les enrouler dans un bout de papier brun sur lequel il marque le prix. Quand il entend le bruit grinçant de la scie à ruban qui coupe les os, il a envie de se boucher les oreilles. Ça ne le dérange pas de voir les foies, dont la fonction dans l'organisme n'est pas très claire, mais il détourne les yeux des cœurs dans la vitrine, et en particulier des plateaux de triperie. Même à la ferme, il refuse de manger de la triperie, bien que cela soit considéré comme un mets de choix.

Il ne comprend pas pourquoi les moutons acceptent leur sort, pourquoi ils ne se révoltent pas, au lieu d'aller docilement à la mort. Si les antilopes savent qu'il n'y a rien de pire au monde que de tomber entre les mains des hommes, et jusqu'à leur dernier souffle font tout ce qu'elles peuvent pour leur échapper, pourquoi les moutons sont-ils aussi bêtes ? Ce sont des animaux, après tout, leurs sens sont développés, fins, comme le sont les sens des animaux : pourquoi n'entendent-ils pas les derniers bêlements de la victime derrière la remise, pourquoi ne sentent-ils pas son sang, et ne se le tiennent-ils pas pour dit ?

Parfois quand il est parmi les moutons, quand on les a rassemblés pour les laver et les traiter, qu'on les a mis dans l'enclos et qu'ils ne peuvent pas se sauver, il a envie de leur parler tout bas pour les avertir de ce qui les attend. Mais dans leurs yeux jaunes il surprend quelque chose qui le retient : comme de la résignation, une prescience, non seulement de ce qui arrive aux moutons entre les mains de Ros derrière la remise, mais de ce qui les attend au terme du long voyage en camion, sans rien à boire, jusqu'au Cap. Ils savent tout cela, dans les moindres détails, et pourtant, ils se soumettent. Ils ont calculé le prix et sont prêts à le payer, le prix d'être sur terre, le prix d'être vivant.

Douze

A Worcester, il y a toujours du vent, un vent aigre et froid l'hiver, chaud et sec l'été. Si on reste une heure dehors on a les cheveux couverts d'une fine poussière rouge, qui se loge aussi dans les oreilles et qu'on sent jusque sur la langue.

Il est en bonne santé, plein de vie et d'entrain, mais on dirait qu'il est toujours enrhumé. Il se réveille le matin, la gorge sèche, les yeux rouges, il est pris d'éternuements qui n'en finissent pas, il a des poussées de température. « Je suis malade », dit-il à sa mère d'une voix enrouée. Elle pose le dos de la main sur son front. « Dans ce cas, il faut sans doute que tu restes au lit », dit-elle en soupirant.

Il y a encore un moment délicat à passer ; c'est le moment où son père demande : « Où est John ? », et sa mère répond : « Il est malade. » Alors son père dit sur un ton de mépris : « Il nous fait encore la comédie. » Il laisse cela passer en se gardant de faire le moindre bruit, il attend que son père soit parti, que son frère soit parti, et enfin il peut s'installer pour toute une journée de lecture.

Il lit extrêmement vite et s'absorbe totalement dans sa lecture. Dans les périodes où il est malade, il faut que sa mère aille lui chercher des livres à la bibliothèque deux fois par semaine : elle en prend deux sur sa carte à elle, et deux de plus sur la sienne. Il ne va pas à la bibliothèque lui-même au cas où la bibliothécaire lui poserait des questions au moment où on lui donne les livres pour qu'elle appose le tampon.

Il sait que s'il veut devenir un grand homme, il devrait avoir des lectures sérieuses. Il devrait faire comme Abraham Lincoln et James Watt, et étudier la nuit à la lueur d'une chandelle pendant que tout le monde dort, apprendre par lui-même le latin et le grec et l'astronomie. Il n'a pas renoncé à devenir un grand homme ; il se promet de commencer bientôt à lire des livres sérieux ; mais, pour l'instant, tout ce qu'il a envie de lire, c'est des histoires.

Il lit toute la série des Mystères d'Enid Blyton, tous les volumes des Hardy Boys, toute la série des Biggles. Mais les livres qu'il préfère sont les histoires de la Légion étrangère de P. C. Wren. « Qui est le plus grand écrivain de tous les temps ? » demande-t-il à son père. Son père lui dit que c'est Shakespeare. « Et pourquoi pas P. C. Wren ? » dit-il. Son père n'a rien lu de P. C. Wren, et malgré son passé de militaire, ne semble avoir aucun intérêt pour ces livres. « P. C. Wren a écrit quarante-six livres. Et Shakespeare, combien est-ce qu'il en a écrit ? » demande-t-il sur un ton de défi, et il se met à énumérer les titres. Son père fait un « ah ! ah ! » d'un ton irrité qui coupe court à la discussion, mais il ne trouve rien à lui répondre.

Si son père aime Shakespeare, c'est que Shakespeare doit être un mauvais auteur, se dit-il. Néanmoins, il se met à lire Shakespeare, dans l'édition jaunie, dont le bord des pages est tout abîmé, que son père a reçue en héritage et qui vaut peut-être très cher parce que c'est une édition ancienne ; il essaie de comprendre pourquoi on dit que Shakespeare est un grand auteur. Il lit *Titus Andronicus*, à cause du titre latin, et puis *Coriolan*, en sautant les longues tirades comme il saute les descriptions de la nature dans les livres qu'il emprunte à la bibliothèque.

En dehors de Shakespeare, son père possède un livre des poèmes de Wordsworth et un autre des poèmes de Keats. Sa mère possède les poèmes de Rupert Brooke. Ces volumes de poésie sont en bonne place sur le manteau de la cheminée dans la salle de séjour, à côté de Shakespeare, du *Livre de San Michele* dans un étui de cuir, et d'un livre de Cronin où il est question d'un médecin. A deux reprises, il essaie de lire *Le Livre de San Michele*, mais ça l'ennuie. Il n'arrive pas à comprendre qui est Axel Munthe, s'il s'agit de réalité, ou si c'est une histoire, si le sujet est un lieu particulier ou une jeune fille.

Un jour son père arrive dans sa chambre avec le volume de Wordsworth. « Tu devrais lire ces poèmes », dit-il, et il lui montre les titres qu'il a cochés au crayon. Il revient quelques jours plus tard, il veut discuter les poèmes et il cite : « "Le grondement de la cataracte me hantait, m'enfiévrait." C'est de la grande poésie, non ? » Il bafouille quelque chose, se refuse à regarder son père dans les yeux, se refuse à jouer le jeu. Son père ne tarde pas à renoncer à le convaincre.

Il ne regrette pas de faire preuve de tant de mauvaise grâce. Il ne voit pas la place que peut bien avoir la poésie dans la vie de son père ; il soupçonne son intérêt d'être de la frime. Lorsque sa mère raconte que pour échapper aux taquineries de ses sœurs il fallait qu'elle aille se cacher au grenier pour lire, il la croit. Mais il ne peut s'imaginer son père, enfant, en train de lire de la poésie, alors que maintenant il ne lit que le journal. Tout ce qu'il peut imaginer de son père à cet âge-là, c'est un garçon qui raconte des blagues, qui rigole et qui fume des cigarettes en se cachant derrière des buissons.

Il observe son père qui lit le journal. Il lit vite, et il fait craquer le papier en rabattant chaque feuille quand il tourne les pages d'un geste nerveux comme s'il cherchait quelque chose qu'il ne trouve pas. Quand il a fini de lire, il plie le journal pour en faire une bande étroite et il se met à faire les mots croisés.

Sa mère aussi admire et respecte Shakespeare. Elle trouve que *Macbeth* est la plus grande pièce de Shakespeare. « Si seulement le ta-ta-ta pouvait entraver les conséquences, alors », débite-t-elle à toute allure, et puis elle s'arrête ; « et en s'accomplissant apporter le succès », continue-t-elle en marquant le rythme avec des hochements de tête. « Tous les parfums d'Arabie ne sauraient laver cette petite main », ajoute-t-elle. *Macbeth* est la pièce qu'elle a eue au programme à l'école ; le professeur se tenait derrière elle et lui pinçait le bras jusqu'à ce qu'elle ait récité toute la tirade. « *Kom nou, Vera !* » Allons, continue ! disait-il en la pinçant, et elle sortait quelques mots de plus.

Il y a une chose qu'il ne comprend pas chez sa mère ; c'est que, bien qu'elle soit trop bête pour l'aider à faire ses devoirs du cours moyen, son anglais est excellent, elle ne fait pas une faute, surtout quand elle écrit. Elle emploie les mots dans leur sens correct, sa grammaire est impeccable. Elle est à l'aise dans cette langue, c'est un domaine où elle est absolument sûre d'elle. Comment ça se fait ? Son père s'appelait Piet Wehmeyer, un nom tout ce qu'il y a de plus afrikaans. Sur les photos de l'album, avec sa chemise sans col et son chapeau à large bord, il a l'air d'un fermier tout à fait ordinaire. Dans la région de Uniondale, où la famille habitait, il n'y avait pas un Anglais ; tous les voisins, semble-t-il, s'appelaient Zondagh. Sa mère était née Marie du Biel, de parents allemands, qui n'avaient pas une goutte de sang anglais dans les veines. Pourtant elle a donné à tous ses enfants des prénoms anglais, Roland, Winifred, Ellen, Vera, Norman, Lancelot, et, à la maison, elle leur parlait anglais. Où est-ce qu'ils avaient bien pu apprendre l'anglais, elle et Piet ?

L'anglais de son père est presque aussi bon, malgré une trace d'accent afrikaans plus prononcée, qui s'entend surtout sur les voyelles. Son père est toujours à feuilleter le dictionnaire anglais d'Oxford, l'édition de poche, pour faire ses mots croisés. Il semble au moins connaître à peu près chacun des mots du dictionnaire, et même toutes les locutions. Il se régale à prononcer les locutions les plus dépourvues de sens, comme s'il voulait se les mettre bien dans la tête.

Quant à lui, il ne va pas au-delà de *Coriolan* dans le volume de Shakespeare. En dehors de la page sportive et des bandes dessinées, le journal l'ennuie. Quand il n'a rien d'autre à lire, il lit les livres verts. « Apporte-moi un livre vert ! » crie-t-il à sa mère de son lit quand il est malade. Les livres verts sont *L'Encyclopédie des enfants* de Arthur Mee, qui les a suivis dans leurs déménagements aussi loin qu'il se souvienne. Il a lu et relu ces volumes x fois ; quand il était petit il a arraché des pages, il a gribouillé dessus avec ses pastels, il a esquinté les reliures, de sorte que maintenant il faut les manier avec précaution.

Il ne lit pas vraiment les livres verts : le style de cette prose puérile et sans retenue l'agace, sauf la deuxième partie du volume 10, l'index, qui est pleine d'informations, de faits. En revanche il reste des heures à regarder les images, surtout les photos de statues de marbre, de femmes et d'hommes nus, avec un vague morceau d'étoffe drapé autour des reins. Des jeunes filles de marbre au corps lisse et gracile peuplent ses rêves érotiques.

Ce qui est étonnant avec ses rhumes, c'est qu'ils passent, ou semblent lui passer très vite. Dès onze heures du matin, il n'éternue plus, et alors qu'il était tout enchifrené au réveil, sa tête est maintenant dégagée et il se sent dispos. Il en a assez d'être dans son pyjama où il a transpiré et qui sent mauvais, au milieu des mouchoirs trempés, sur son matelas défoncé et sous les couvertures qui ont besoin d'être aérées. Il se lève, mais il ne s'habille pas. Cela serait tenter le sort. Il se garde bien de mettre le nez dehors au cas où un voisin ou un passant irait le moucharder, et il joue avec son Meccano, colle des timbres dans son album, enfile des boutons sur des bouts de ficelle, ou tresse des cordelières avec des restes de pelotes de laine. Son tiroir est plein de cordelières qu'il a tressées, et qui n'ont pas le moindre usage, sauf comme ceinture d'une robe de chambre qu'il ne possède pas. Lorsque sa mère vient dans sa chambre, il prend l'air aussi abattu qu'il peut, et il se raidit pour essuyer ses remarques caustiques.

Tout le monde le soupçonne d'être un faux jeton. Il ne réussit jamais à convaincre sa mère qu'il est réellement malade ; si elle lui cède quand il se plaint, elle le fait à contrecœur et seulement parce qu'elle ne sait rien lui refuser. Ses camarades de classe pensent qu'il est gnangnan et que sa mère le dorlote.

Et pourtant c'est bien la vérité que, souvent le matin au réveil, il a du mal à respirer, il est pris de crises d'éternuement qui le paralysent, et qui au bout de plusieurs minutes le laissent haletant, ruisselant de larmes, ne demandant qu'à mourir. Il n'essaie pas de tromper son monde avec ses horribles rhumes.

Selon le règlement, lorsque l'on a manqué l'école, on doit apporter une lettre d'excuse. Il sait par cœur la lettre que sa mère envoie chaque fois : « Je vous prie d'excuser l'absence de John hier. Il avait un gros rhume et j'ai jugé bon de lui faire garder le lit. Veuillez agréer... » Il remet ces lettres où sa mère écrit des mensonges, et qui sont lues comme des mensonges, le cœur battant d'appréhension.

Quand à la fin de l'année il fait le compte des jours où il a manqué, il arrive à presque un jour sur trois. Pourtant il est premier de sa classe. Il en conclut que ce qui se passe en classe n'a aucune importance. Il peut toujours rattraper le travail à la maison. S'il pouvait en faire à sa guise, il n'irait pas à l'école de toute l'année et ne ferait une apparition que pour les compositions.

Les instituteurs ne disent rien qui ne se trouve dans les manuels. Il ne les méprise pas pour autant, et les autres élèves non plus. En fait il n'aime pas que l'ignorance d'un maître soit exposée au grand jour, comme cela arrive de temps à autre. Il protégerait ses maîtres s'il le pouvait. Il ne perd pas un mot de ce qu'ils disent. Mais il écoute moins pour apprendre que pour ne pas se faire surprendre en train de rêvasser (« Qu'est-ce que je viens de dire ? Répète ce que je viens de dire »), pour ne pas se faire appeler de sa place et se faire humilier devant toute la classe.

Il est convaincu qu'il n'est pas comme les autres, qu'il a quelque chose de spécial. Ce qu'il ne sait pas encore, c'est pourquoi il est en ce monde. Il pense bien qu'il ne sera guère un Arthur ou un Alexandre, reconnu et admiré de son vivant. Ce n'est qu'après sa mort qu'il sera apprécié à sa juste valeur.

Il attend d'être appelé. Quand l'appel viendra, il sera prêt. Il répondra sans flancher, même s'il s'agit d'aller à la mort, comme les hommes de la Brigade légère.

Les valeurs qu'il s'impose sont les valeurs de la Victoria Cross. Seuls les Anglais ont la Victoria Cross. Les Américains ne l'ont pas, ni d'ailleurs, à sa grande déception, les Russes. Et les Sud-Africains encore moins, c'est sûr.

Il ne manque pas de noter que VC sont les initiales de sa mère.

L'Afrique du Sud est un pays sans héros. Wolraad Woltemade pourrait peut-être compter comme héros s'il n'avait pas un nom qui fait rire. C'est certainement faire preuve de courage que de se jeter à maintes reprises dans la mer en furie pour sauver des marins en péril ; mais qui en fait a du courage, l'homme ou le cheval ? A la pensée du cheval de Wolraad Woltemade qui se jette avec vaillance dans les vagues (il aime la force redoublée de l'expression « avec vaillance »), sa gorge se serre.

Vic Toweel affronte Manuel Ortiz pour le titre de champion du monde des poids coq. Le match a lieu un samedi soir ; il reste tard avec son père pour écouter le reportage à la radio. Au dernier round, Toweel, le visage en sang, épuisé, se jette sur son adversaire. Ortiz chancelle ; la foule est en délire, à force de crier le reporter en perd la voix. Les juges annoncent leur décision : Viccie Toweel, le Sud-Africain, est le nouveau champion du monde. Lui et son père exultent, ils crient de joie, ils s'embrassent. Il ne sait comment exprimer sa joie. Dans un mouvement impulsif, il empoigne les cheveux de son père et il tire de toutes ses forces. Son père a un mouvement de recul, et lui lance un regard bizarre.

Pendant des jours et des jours, la presse est pleine des photos du combat. Viccie Toweel est un héros national. Quant à lui, son euphorie retombe. Il continue à être bien content que Toweel ait battu Ortiz, mais il commence à se demander pourquoi. Qui est Toweel pour lui ? Pourquoi ne serait-il pas libre de choisir entre Toweel et Ortiz à la boxe comme il peut choisir entre les Hamilton et les Villagers au rugby ? Est-ce qu'il faut absolument qu'il soit pour Toweel, ce petit bonhomme horrible, au dos voûté, avec un gros nez et de petits yeux noirs, sans expression, rien que parce que Toweel (malgré son nom ridicule) est sud-africain ? Est-ce que les Sud-Africains doivent nécessairement être pour les autres Sud-Africains même s'ils ne les connaissent ni d'Ève ni d'Adam ?

Son père ne lui apporte aucun élément de réponse. Son père ne dit jamais rien d'original. Infailliblement il prédit que l'Afrique du Sud va gagner ou que Western Province va gagner, que ce soit au rugby, au cricket ou à n'importe quoi d'autre. « A ton avis, qui va gagner ? » demande-t-il à son père, pour le mettre au défi, la veille du match Western Province-Transvaal. « Western Province, et haut la main », lui répond son père à tous les coups. Ils écoutent le match à la radio, et c'est le Transvaal qui gagne. Son père n'est pas ébranlé du tout. « L'année prochaine Western Province gagnera, dit-il, tu verras, comme je te dis. »

Ça lui paraît idiot de penser que Western Province va gagner, simplement parce qu'on est du Cap. Il vaut mieux se dire que le Transvaal gagnera, et avoir une bonne surprise s'ils perdent.

Il a encore dans sa main la sensation laissée par les

cheveux de son père, des cheveux drus, bien plantés. La violence de son geste continue à le rendre perplexe, à le troubler. Il n'a jamais jusque-là pris de telles libertés avec le corps de son père. Il espère bien que cela ne se reproduira pas.

Treize

Il est tard. Tout le monde dort. Il est dans son lit, il réfléchit. En travers de son lit tombe un rai de lumière orangée qui vient des réverbères qu'on laisse allumés toute la nuit à Reunion Park.

Il repense à ce qui s'est passé ce matin-là pendant l'assemblée, alors que les chrétiens chantaient leurs hymnes et que les juifs et les catholiques faisaient ce qu'ils voulaient. Deux grands, des catholiques, l'avaient coincé. « Quand est-ce que tu viens au catéchisme ? » avaient-ils demandé d'un ton péremptoire. « Je ne peux pas venir au catéchisme. Le vendredi après-midi il faut que je fasse des commissions pour ma mère. » C'était un mensonge. « Si tu ne viens pas au catéchisme, c'est que tu n'es pas catholique. » « Mais si, je suis catholique », avait-il affirmé, mentant de nouveau.

Si le pire devait arriver, se dit-il maintenant, en regardant les choses en face, en mettant les choses au pire, si le prêtre catholique devait venir voir sa mère et demander pourquoi il ne venait jamais au catéchisme, ou – autre cauchemar – si le directeur de l'école annonçait que tous les élèves de nom afrikaans devaient être transférés dans des classes afrikaans – si le cauchemar devait se faire réalité et s'il ne lui restait d'autre recours que de battre en retraite avec des cris de colère, des trépignements et des pleurs, de se réfugier dans le comportement du petit enfant qui est resté en lui, au fond, comme un ressort prêt à se détendre tout d'un coup –, si, après avoir tempêté, il devait en venir à la solution désespérée de se jeter sous la protection de sa mère en refusant d'aller à l'école, en la suppliant de lui porter secours, s'il devait ainsi perdre la face totalement et irrémédiablement, en laissant voir ce que lui seul, à sa manière, et sa mère à sa manière à elle, et peut-être son père à sa manière méprisante, savaient bien : qu'il est encore un bébé et qu'il ne grandira jamais, si toutes les histoires dont il est le centre, qu'il a lui-même échafaudées au cours de toutes ces années de comportement normal, du moins en public, si toutes ces histoires devaient s'effondrer pour laisser voir au grand jour ce qu'il est au fond, ce noyau affreux, noir, pleurnicheur et puérile dont tout le monde se moquerait, y aurait-il moyen pour lui de continuer à vivre ? Ne serait-il pas alors devenu rien de mieux que l'un de ces petits mongoliens contrefaits et retardés qui ont une voix rauque et la bave aux lèvres et qu'on ferait aussi bien de liquider avec des somnifères ou en les étranglant ?

Tous les lits de la maison sont vieux et ont fait leur temps, les ressorts sont tout mous, ils craquent au moindre mouvement qu'on fait. Il reste aussi tranquille que possible dans le filet de lumière qui vient de la fenêtre, conscient de son corps recroquevillé sur le côté, de ses poings serrés contre sa poitrine. Dans ce silence, il essaie d'imaginer sa mort. Il se soustrait à tout, à l'école, à la maison, à sa mère ; il essaie d'imaginer le fil des jours qui se déroule sans lui. Mais il n'y arrive pas. Il reste toujours quelque chose, quelque chose de petit, de noir, comme un marron, comme un gland qui est tombé dans le feu et reste sec, durci, terni de cendre, qui ne donnera rien, mais qui est *toujours là*. Il arrive à s'imaginer qu'il mourra, mais il ne peut pas s'imaginer qu'il disparaîtra. Il a beau essayer, il n'arrive pas à annihiler le dernier résidu de lui-même.

Qu'est-ce donc qui le fait continuer à exister ? Est-ce la peur du chagrin de sa mère, d'un chagrin si profond qu'il n'en supporte pas la pensée plus longtemps que le temps d'un éclair ? (Il la voit dans une pièce aux murs nus, debout, silencieuse, se couvrant les yeux de ses mains ; et puis il tire le rideau sur elle, sur cette image.) Ou y a-t-il autre chose en lui qui refuse de mourir ?

Il repense à l'autre occasion où il s'est trouvé coincé, la fois où deux élèves afrikaans lui ont immobilisé les mains derrière le dos et l'ont conduit derrière le talus au bout du terrain de rugby. Il se rappelle le plus grand des deux en particulier qui était tellement gros que le gras débordait en bourrelets de ses vêtements trop petits – un de ces débiles, ou quasi-débiles, qui peuvent vous casser les doigts ou vous serrer la gorge et vous étrangler aussi facilement qu'ils tordent le cou à un oiseau, tranquillement, tout en gardant le sourire. Il avait eu une peur bleue, ça ne fait aucun doute, son cœur battait à tout rompre. Et pourtant est-ce que cette peur était bien réelle ? Alors qu'il trébuchait à chaque pas en traversant le terrain, n'y avait-il pas au fond de lui autre chose, quelque chose qui crânait encore en disant : « Ne t'en fais pas, rien ne peut t'atteindre, ce n'est qu'une aventure de plus. »

Rien ne peut t'atteindre, il n'y a rien dont tu ne sois capable. Voilà les deux choses qui le font ce qu'il est, deux choses qui n'en font qu'une en fait, ce qu'il a de bien et ce qu'il a de mauvais en même temps. Et cette chose qui est deux choses à la fois veut dire qu'il ne mourra pas, quoi qu'il arrive ; mais est-ce que cela veut dire aussi qu'il ne vivra pas ?

C'est lui, tout bébé. Sa mère le prend, le tient bon sous les bras, le visage tourné vers l'avant. Il a les jambes ballantes, sa tête s'enfonce dans ses épaules, il est tout nu ; mais sa mère le tient devant elle, et elle s'avance tout droit. Elle n'a pas besoin de voir où elle va, elle n'a qu'à suivre. Devant lui, comme elle avance, tout se change en pierre et se brise. Il n'est rien qu'un petit bébé avec un gros ventre et qui dodeline de la tête, mais il a ce pouvoir.

Et puis le voilà endormi.

Quatorze

Ils reçoivent un coup de téléphone du Cap. Tante Annie a fait une chute dans l'escalier de l'immeuble qu'elle habite à Rosebank. Elle a été emmenée à l'hôpital avec une fracture de la hanche ; il faut que quelqu'un aille au Cap s'occuper des formalités.

On est au mois de juillet, en plein hiver. Toute la partie ouest de la région du Cap est sous la pluie, sous une chape de froid. Ils prennent le train du matin pour le Cap, lui, sa mère et son frère, puis un autobus pour remonter Kloof Street jusqu'au Volkshospitaal. Tante Annie, comme une toute petite fille dans sa chemise de nuit à fleurs, est dans le service des femmes. Le service est plein : de vieilles femmes au visage revêche, les lèvres pincées, traînent en robe de chambre dans les couloirs, échangeant des propos d'une voix sifflante ; de grosses femmes échevelées, hagardes, sont assises au bord de leurs lits, sans se soucier de leurs seins qui sortent de leurs chemises. Dans un coin, un haut-parleur fait entendre Radio Springbok. Il est trois heures de l'après-midi, c'est le disque des auditeurs : *When Irish Eyes are Smiling,* joué par Nelson Riddle et son orchestre.

Tante Annie agrippe le bras de sa mère de sa main décharnée. « Je veux partir d'ici, Vera, dit-elle d'une voix basse et enrouée. Je ne suis pas bien ici. »

Sa mère lui tapote doucement la main, pour essayer de la calmer. Sur la table de nuit, un verre plein d'eau pour son dentier et une Bible.

La surveillante leur explique qu'on a remis la hanche en place. Il faudra que tante Annie garde le lit pendant un mois en attendant que les os se ressoudent. « Elle n'est plus jeune, ça prend du temps. » Par la suite il lui faudra une béquille.

Et comme si cela lui revenait, la surveillante ajoute que lorsqu'on a amené tante Annie, elle avait les ongles des pieds aussi longs et aussi noirs que des serres d'oiseau.

Son frère, qui s'ennuie, s'est mis à pleurnicher, à se plaindre qu'il a soif. Sa mère arrête une infirmière qu'elle persuade d'aller chercher un verre d'eau. De gêne, lui regarde ailleurs.

On les envoie à l'assistante sociale, au bout du couloir. « Est-ce que vous êtes de la famille ? » dit l'assistante sociale. « Est-ce que vous pouvez la prendre chez vous ? »

Sa mère pince les lèvres. Elle fait non de la tête.

« Pourquoi est-ce qu'elle ne peut pas retourner dans son appartement ? » demande-t-il un peu plus tard.

« Elle ne peut pas monter les escaliers. Elle ne peut pas aller faire ses courses. »

« Je ne veux pas qu'elle vienne habiter chez nous. »

« Elle ne viendra pas habiter chez nous. »

Les visites sont terminées, il est l'heure de se dire au revoir. Tante Annie a les larmes aux yeux. Elle agrippe le bras de sa mère en serrant si fort qu'il faut lui faire lâcher prise.

« *Ek wil huistoe gaan, Vera* », dit-elle tout bas. Je veux rentrer à la maison.

« Encore quelques jours de patience, tante Annie, jusqu'à ce que tu puisses remarcher », dit sa mère de sa voix la plus douce.

Il n'a jamais vu ce côté de sa mère, cette duplicité.

Et puis c'est son tour. Tante Annie avance la main. Tante Annie est à la fois sa grand-tante et sa marraine. Dans l'album, il y a une photo d'elle avec un bébé dont on dit que c'est lui. Elle est vêtue d'une robe qui lui descend aux chevilles et porte un chapeau noir démodé ; dans le fond, il y a une église. Comme c'est sa marraine, elle s'imagine qu'elle a avec lui des liens particuliers. Elle ne semble pas percevoir le dégoût qu'elle lui inspire, ridée et affreuse sur son lit d'hôpital, le dégoût que lui inspire toute cette salle d'hôpital pleine de femmes affreuses. Il essaie de ne pas laisser voir son dégoût ; il en brûle de honte au fond de son cœur. Il supporte la main posée sur son bras, mais il voudrait être déjà parti, parti d'ici et ne jamais y revenir.

« Tu es un garçon intelligent, dit tante Annie, de cette voix basse et rauque qu'elle a toujours eue aussi loin qu'il se souvienne. Tu es un homme maintenant, ta mère compte sur toi. Il faut l'aimer de toutes tes forces et être pour elle un soutien, ainsi que pour ton petit frère. »

Un soutien pour sa mère ? Ça ne tient pas debout. Sa mère est comme un roc, un pilier de pierre. Ce n'est pas lui qui doit être un soutien pour elle, mais elle qui doit être un soutien pour lui ! Pourquoi est-ce que tante Annie lui dit ça, de toute façon ? Elle fait comme si elle allait mourir, alors que tout ce qu'elle a, c'est une fracture de la hanche.

Il opine du chef, il prend un air attentif et sérieux alors qu'en secret il n'attend qu'une chose, qu'elle lui lâche le bras. Elle a ensuite ce sourire entendu qui est censé être le signe de ce lien spécial entre elle et le premier né de Vera, un lien que lui ne sent pas du tout et qu'il ne reconnaît pas. Elle a les yeux à fleur de tête, bleu pâle, délavés. Elle a quatre-vingts ans et elle est presque aveugle. Même avec ses lunettes, elle n'arrive pas à lire sa Bible, et en est réduite à tenir le livre sur ses genoux en murmurant les mots tout bas.

Sa main relâche son étreinte ; il marmonne quelque chose et se recule.

Au tour de son frère. Son frère se laisse embrasser. « Au revoir, ma chère Vera, croasse tante Annie. *Mag die Here jou seën, jou en die kinders.* » Que le Seigneur te bénisse, toi et les enfants.

Il est cinq heures et il commence à faire nuit. Ils n'ont pas l'habitude de la cohue de l'heure de pointe en ville. Ils prennent un train pour Rosebank. Ils vont passer la nuit dans l'appartement de tante Annie : cette perspective le démoralise.

Tante Annie n'a pas de réfrigérateur. Il n'y a dans son garde-manger que quelques pommes ratatinées, la moitié d'une miche de pain moisi, un bocal entamé de crème d'anchois que sa mère trouve douteuse. Elle l'envoie chez l'épicier indien du coin ; pour souper, ils mangent des tartines de pain et de confiture avec du thé.

La cuvette des cabinets est tout encrassée. Ça lui tourne l'estomac de penser à la vieille femme avec ses orteils aux ongles noirs accroupie au-dessus du siège. Il refuse de l'utiliser.

« Mais pourquoi est-ce qu'il faut que nous passions la nuit ici ? » demande-t-il. « Pourquoi est-ce qu'il faut que nous passions la nuit ici ? » répète son frère. « Parce que », répond sa mère d'un air sombre.

Tante Annie utilise des ampoules de quarante watts pour faire des économies d'électricité. Dans la chambre éclairée d'une lumière chiche et jaune, sa mère commence à emballer les affaires de tante Annie dans des boîtes en carton. C'est la première fois qu'il entre dans la chambre de tante Annie. Il y a des cadres aux murs, des photos d'hommes et de femmes aux visages crispés, sévères : les Brecher, les du Biel, ses ancêtres.

« Pourquoi est-ce qu'elle ne peut pas aller habiter chez l'oncle Albert ? »

« Parce que Kitty ne peut pas s'occuper de deux vieillards malades à la fois. »

« Je ne veux pas qu'elle vienne habiter avec nous. »

« Elle ne va pas venir habiter avec nous. »

« Alors où est-ce qu'elle va aller habiter ? »

« On va lui trouver une maison. »

« Qu'est-ce que ça veut dire une maison ? »

« Une maison, voyons, une maison pour personnes âgées. »

La seule pièce qui lui plaît dans l'appartement de tante Annie, c'est le débarras. Le débarras est plein de vieux journaux et de cartons empilés jusqu'au plafond. Il y a des étagères pleines de livres, tous les mêmes : un petit livre épais, avec une reliure rouge, et de grosses pages de ce papier rugueux sur lequel on imprime les livres afrikaans, qui ressemble à du papier buvard où sont restés des brins de paille. Le titre qu'on lit au dos est *Ewige Genesing* ; sur la couverture il y a le titre complet : *Deur 'n gevaarlike krankheid tot ewige genesing* (D'une maladie dangereuse vers l'éternelle guérison). Le livre a été écrit par son arrière-grand-père, le père de tante Annie ; à ce livre – il a entendu l'histoire x fois – elle a consacré la plus grande part de sa vie, d'abord en traduisant le manuscrit allemand en afrikaans ; puis elle a utilisé toutes ses économies pour faire imprimer des centaines d'exemplaires par un imprimeur de Stellenbosch, et pour faire relier un certain nombre d'exemplaires par un relieur, et elle a ensuite fait du démarchage auprès des libraires du Cap. Quand il s'est avéré impossible de convaincre les libraires de vendre le livre, elle s'est attelée à la vente elle-même en faisant du porte à porte. Les invendus sont ici sur les étagères du débarras ; dans les boîtes il y a les pages imprimées, pliées mais non reliées.

Il a essayé de lire *Ewige Genesing*, mais c'est trop ennuyeux. A peine Balthazar du Biel s'est-il lancé dans l'histoire de son enfance en Allemagne, qu'il s'interrompt pour décrire longuement des lumières dans le ciel, et raconter ce que lui disent des voix venues des cieux. Tout le livre a l'air d'être comme ça : de courts passages sur lui-même et de longs récits de ce que les voix lui ont dit. Lui et son père depuis longtemps se moquent de tante

Annie et de son père Balthazar du Biel. Ils psalmodient le titre de son livre à la manière sentencieuse d'un *predikant*, d'une voix chantante, en allongeant les voyelles : « *Deur 'n gevaaaarlike krannnnkheid tot eeeewige geneeeeesing*. »

« Est-ce que le père de tante Annie était fou ? » demande-t-il à sa mère.

« Oui, il était fou, je pense. »

« Alors pourquoi est-ce qu'elle a dépensé tout son argent à faire imprimer son livre ? »

« Elle avait sans doute peur de lui. C'était un vieil Allemand terrible, terriblement cruel et autoritaire. Tous ses enfants avaient peur de lui. »

« Mais est-ce qu'il n'était pas déjà mort ? »

« Si, il était mort, mais elle pensait sans doute avoir un devoir envers lui. »

Elle ne veut pas critiquer tante Annie et son sens du devoir filial envers le vieux fou.

Ce qu'il y a de mieux dans le débarras est la presse. Elle est en fer, aussi massive, aussi lourde qu'une roue de locomotive. Il persuade son frère de placer ses bras sur le plateau du socle ; ensuite il fait tourner l'énorme volant jusqu'à ce que les bras de son frère soient complètement coincés et qu'il ne puisse plus les retirer. Après quoi, ils changent de place, et son frère lui fait la même chose.

Un ou deux tours de plus, se dit-il, et les os seront broyés. Qu'est-ce qui les retient, l'un et l'autre, de donner un tour de plus ?

Dans les premiers mois où ils étaient à Worcester, ils avaient été invités dans une des fermes qui fournissait des fruits aux Conserveries Standard. Pendant que les grandes personnes prenaient le thé, lui et son frère étaient allés traîner dans la cour de la ferme. C'est là qu'ils ont découvert une machine à moudre le maïs. Il a réussi à persuader son frère de mettre la main dans l'entonnoir où on jette les grains de maïs à moudre ; et puis il s'est mis à tourner la manivelle. Pendant un instant, avant d'arrêter de tourner, il a senti les petits os des doigts qui s'écrasaient. Son frère était là, la main prise dans la machine, livide de douleur, le regardant avec un air de ne pas comprendre.

Leurs hôtes les ont conduits en vitesse à l'hôpital, où un médecin a amputé son frère de la moitié du majeur de la main gauche. Pendant quelque temps, il a eu la main bandée et le bras en écharpe ; ensuite il a eu un doigtier de cuir noir pour protéger le moignon du doigt. Il avait six ans. Personne n'a essayé de lui faire croire que son doigt repousserait, mais il ne s'est jamais plaint. Lui ne s'est jamais excusé auprès de son frère, et on ne lui a jamais fait de reproche pour ce qu'il avait fait. Néanmoins ce souvenir lui pèse, le souvenir de la légère résistance de la chair et des os, et puis l'impression de broyer.

« Tu peux au moins être fier d'avoir quelqu'un de la famille qui a fait quelque chose dans sa vie, qui a laissé quelque chose derrière lui », dit sa mère.

« Tu as dit que c'était un vieux bonhomme horrible. Tu as dit qu'il était cruel. »

« C'est vrai, mais il a fait quelque chose de sa vie. »

Sur la photo, dans la chambre de tante Annie, Balthazar du Biel a le regard fixe et sévère, la bouche crispée dans un pli dur. A côté de lui, sa femme a l'air fatiguée, fâchée. Elle était la fille d'un autre missionnaire et Balthazar du Biel l'a rencontrée quand il est venu en Afrique du Sud convertir les païens. Plus tard, quand il est allé en Amérique prêcher l'Évangile, il l'a emmenée ainsi que leurs trois enfants. Sur un bateau à aubes sur le Mississippi, quelqu'un a donné à Annie une pomme qu'elle est venue lui montrer. Il lui a donné une fessée parce qu'elle avait parlé à un inconnu. Voilà le peu qu'il sait de Balthazar, plus ce qu'il y a dans le petit livre rouge, de format malcommode avec tous ces exemplaires dont personne au monde n'a que faire.

Les trois enfants de Balthazar sont Annie, Louisa, la mère de sa mère, et Albert, qu'on voit sur les photos dans la chambre de tante Annie et qui a l'air d'un garçon effarouché en costume marin. Maintenant Albert, c'est l'oncle Albert, un vieillard courbé en deux, dont les chairs, molles et blanches comme la chair d'un champignon, tremblotent tout le temps et qu'il faut aider à marcher. L'oncle Albert n'a jamais ce qui s'appelle gagné sa vie. Il a passé son temps à écrire des livres et des histoires ; c'est sa femme qui a travaillé pour les faire vivre.

Il interroge sa mère sur les livres de l'oncle Albert. Elle en a lu un, il y a longtemps, dit-elle, mais elle ne se le rappelle plus. « Ce sont des livres très démodés. Plus personne ne lit de livres comme cela de nos jours. »

Il trouve deux livres de l'oncle Albert dans le débarras, imprimés sur le même papier que *Ewige Genesing*, mais reliés avec des couvertures marron, le même marron que les bancs dans les gares. L'un est intitulé *Kain*, l'autre *Die Sondes van die vaders*, Les péchés des pères. « Est-ce que je peux les prendre ? » demande-t-il à sa mère. « Je ne vois pas pourquoi tu ne les prendrais pas, dit-elle, personne ne viendra les réclamer. »

Il essaie de lire *Die Sondes van die vaders*, mais il ne va pas au-delà de la page dix, c'est ennuyeux comme tout.

« Il faut aimer ta mère bien fort et être un soutien pour elle. » Il ressasse les instructions de tante Annie. *Aimer*, c'est un mot qu'il articule du bout des lèvres. Même sa mère a appris à ne pas lui dire *je t'aime*, même s'il lui arrive de lâcher un *mon chéri*, tout bas, quand elle lui dit bonne nuit.

L'amour pour lui n'a aucun sens. Quand les hommes et les femmes s'embrassent dans les films, au son des violons qui susurrent dans le lointain, il se tortille de gêne sur son siège. Il se jure bien que jamais, au grand jamais, il ne sera comme ça, tendre et sentimental.

Il ne se laisse pas embrasser, sauf par les sœurs de son père ; il fait une exception pour elles parce que c'est leur habitude et elles ne savent pas faire autrement. Les baisers sont le prix à payer pour aller à la ferme : ses lèvres effleurent à peine les leurs, qui, dieu merci, sont toujours sèches. Dans la famille de sa mère, on ne s'embrasse pas. Et d'ailleurs il n'a jamais vu son père et sa mère s'embrasser vraiment. Quelquefois, en présence de tiers, et si pour une raison ou pour une autre il faut qu'ils jouent la comédie, son père embrasse sa mère sur la joue. Elle lui tend la joue à contrecœur, l'air fâché, comme si on la forçait ; il dépose un baiser léger, rapide, craintif.

Il n'a vu la verge de son père qu'une seule fois. C'était en 1945, son père venait de revenir de la guerre, et toute la famille était réunie à Voëlfontein. Son père et deux de ses frères étaient allés à la chasse et ils l'avaient emmené. Il faisait chaud ; arrivés à un lac de barrage, ils ont décidé de se baigner. Quand il s'est rendu compte qu'ils allaient se baigner tout nus, il a essayé de s'esquiver, mais ils n'ont rien voulu savoir. Ils étaient tout contents, gais, et ils rigolaient ; ils voulaient qu'il se déshabille pour se baigner, mais lui ne voulait pas. C'est ainsi qu'il a vu leurs verges à tous les trois, mais celle de son père mieux que les autres, pâle et blanche. Il se rappelle bien comme cela l'a contrarié d'être obligé de la regarder.

Ses parents font lit à part. Ils n'ont jamais eu de grand lit. Le seul grand lit qu'il ait vu, c'est à la ferme, dans la chambre de maître, où couchaient son grand-père et sa grand-mère. A son avis, les grands lits sont des choses démodées, qui remontent au temps où les femmes faisaient un enfant par an, comme les brebis ou les truies. Il remercie le ciel que ses parents en aient fini avec ça avant son temps.

Il veut bien croire qu'il y a longtemps, à Victoria West, avant sa naissance, ses parents ont été amoureux, puisqu'on dirait que l'amour est une condition nécessaire au mariage. Dans l'album, il y a des photos qui semblent en être la preuve : celle, par exemple où ils sont assis l'un contre l'autre à un pique-nique. Mais il doit y avoir des années que tout cela est fini et, à son avis, ils ne s'en trouvent que mieux.

Quant à lui, qu'est-ce que les sentiments violents qu'il éprouve pour sa mère, la colère qu'elle lui inspire, ont à voir avec ces pâmoisons déliquescentes qu'on voit à l'écran ? Sa mère l'aime, il veut bien l'admettre ; mais c'est justement là le problème, ce qui ne va pas, et non ce qui va bien, dans son attitude envers lui. Son amour se manifeste surtout dans sa vigilance, dans son empressement à se précipiter et lui porter secours si jamais il se trouvait en danger. S'il voulait (mais il ne le ferait jamais), il pourrait s'abandonner et la laisser s'occuper de lui, et se laisser porter par elle pour le restant de ses jours. C'est parce qu'il est si sûr des soins attentifs qu'elle lui porte, qu'il est toujours sur ses gardes avec elle, qu'il ne se laisse jamais aller, qu'il ne lui donne jamais la moindre chance de le prendre en charge.

Il lui tarde d'être débarrassé de son attention vigilante. Un temps viendra peut-être où, pour arriver à ce résultat, il devra s'affirmer, la repousser si brutalement qu'elle n'en reviendra pas d'avoir à se tenir à distance et à relâcher son emprise sur lui. Pourtant, il suffit qu'il pense à ce jour, qu'il s'imagine son air surpris, qu'il sente comme elle sera blessée, pour que l'envahisse un irrésistible sentiment de culpabilité. Alors, il est prêt à faire n'importe quoi pour amortir le coup : la consoler, lui promettre qu'il ne partira pas.

Quand il sent la peine qu'elle a, aussi intimement que s'il faisait partie d'elle, et elle partie de lui, il sait qu'il est pris au piège et qu'il ne peut s'échapper. A qui la faute ? C'est sa faute à elle, se dit-il, et il lui en veut, mais en même temps, il a honte de son ingratitude. *L'amour* : voilà ce que c'est en fait que l'amour, cette cage dans laquelle il tourne en rond, va et vient comme un pauvre babouin ahuri. Qu'est-ce que cette innocente, cette ignorante de tante Annie sait de l'amour ? Sur la vie, il en sait mille fois plus qu'elle, qui s'est toute sa vie rendue esclave du manuscrit de son fou de père. Il a le cœur vieux, sombre et dur, un cœur de pierre. C'est là son secret méprisable.

Quinze

Sa mère a fait une année d'études supérieures et puis a dû faire place à ses frères cadets. Son père a fini son droit et est avocat ; il travaille pour les Conserveries Standard parce qu'ouvrir un cabinet (à ce que lui dit sa mère) exigerait une mise de fonds qu'ils n'ont pas. Bien qu'il en veuille à ses parents de ne pas l'avoir élevé comme un enfant normal, il est fier des études qu'ils ont faites.

Parce qu'on parle anglais à la maison, parce qu'il est toujours premier en anglais à l'école, il se considère comme anglais. Bien qu'il ait un nom de famille afrikaans, bien que son père soit plus afrikaans qu'anglais, et bien que lui-même parle afrikaans sans trace d'accent anglais, il ne pourrait pas passer une minute pour un Afrikaner. L'afrikaans qu'il a à sa disposition ne va pas loin, sa maîtrise n'est que superficielle ; il y a un monde touffu d'argot et de connotations que les jeunes Afrikaners, les vrais, dominent parfaitement – dont l'obscénité n'est qu'un aspect – et auquel lui n'a pas accès.

Il y a aussi une façon d'être que les Afrikaners ont en commun – un côté bourru, intransigeant et, toujours prête à faire surface, une force physique menaçante (il se les représente comme des rhinocéros, énormes, puissants, qui se déplacent avec lourdeur et s'entrecognent quand ils se croisent) qu'il ne partage pas et qui, en fait, le rebute. Ils brandissent leur langue comme un gourdin contre leurs ennemis. Dans la rue, il vaut mieux les éviter quand ils sont en groupe ; même pris isolément, ils ont un air brutal, menaçant. Quelquefois, quand les classes se mettent en rang le matin dans la cour, il cherche dans les rangs des Afrikaners quelqu'un qui ne serait pas comme les autres, qui aurait quelque chose de doux ; il n'en trouve pas un. Il est impensable qu'on puisse un jour le jeter parmi eux : ils l'écraseraient, ils tueraient l'esprit en lui.

Et pourtant, à sa grande surprise, il découvre qu'il n'est pas disposé à leur abandonner la langue afrikaans. Il se rappelle son premier séjour à Voëlfontein ; il avait quatre ou cinq ans et il ne parlait pas un mot d'afrikaans. Son frère était encore tout petit, et on le gardait à l'intérieur à cause du soleil ; il n'y avait personne avec qui jouer, sauf les petits Métis. Avec eux, il jouait à faire flotter des bateaux faits avec des cosses de haricots dans les canaux d'irrigation. Mais il était comme une créature privée de parole : il fallait tout exprimer avec des gestes ; il avait parfois l'impression que tout ce qu'il ne pouvait pas dire allait le faire exploser. Et puis, un beau jour, il a ouvert la bouche pour parler et il s'est rendu compte qu'il pouvait parler, parler facilement, couramment et sans avoir à réfléchir avant d'ouvrir la bouche. Il se souvient encore qu'il s'est précipité sur sa mère en criant : « Écoute ! Je sais parler afrikaans ! »

Quand il parle afrikaans, tout ce qu'il y a de compliqué dans la vie semble tout d'un coup se simplifier. L'afrikaans est comme un vêtement transparent qui le suit partout, dans lequel il peut se glisser à sa guise, et devenir quelqu'un d'autre, quelqu'un de plus simple, de plus gai et qui va d'un pas plus léger.

Une chose chez les Anglais qui le déçoit, et qu'il ne veut pas imiter, c'est leur mépris pour l'afrikaans. Quand, avec un haussement de sourcils dédaigneux, ils prononcent mal les mots afrikaans, comme si dire *veld* avec un *v* au lieu d'un *f* signalait le gentleman, il prend ses distances : ils ont tort et, pis encore, ils sont comiques. Pour sa part, il se refuse aux concessions, même parmi les Anglais : il produit les mots afrikaans comme il faut, avec toutes leurs consonnes dures et toutes les voyelles difficiles à prononcer.

Dans sa classe, en dehors de lui, il y a plusieurs autres garçons qui ont des noms de famille afrikaans. Dans les classes afrikaans, par contre, il n'y a aucun élève avec un nom anglais. Il connaît un Smith afrikaans, au lycée, qui pourrait aussi bien s'appeler Smit ; c'est tout. C'est dommage, mais c'est compréhensible : quel Anglais voudrait épouser une Afrikaner et entrer dans une famille afrikaans alors que toutes les femmes afrikaans sont soit de grosses filles avec des seins énormes et des cous de taureau, soit cagneuses et contrefaites ?

Il remercie le ciel que sa mère parle anglais. Mais il continue à se méfier de son père, malgré Shakespeare et Wordsworth et les mots croisés du *Cape Times*. Il ne comprend pas pourquoi son père continue à faire l'effort d'être anglais, ici à Worcester, alors que ce serait si facile pour lui de redevenir afrikaans. L'enfance à Prince-Albert que son père et ses frères évoquent en plaisantant ne lui semble en rien différente de la vie des Afrikaners à Worcester. Tout tournait comme ici autour des séances de fouet, de la nudité, des besoins naturels qu'on satisfaisait devant les autres garçons, avec une indifférence animale au besoin d'être seul.

A la seule pensée d'être changé en petit Afrikaner, avec le crâne rasé, sans chaussures, son cœur défaille. C'est comme être mis en prison, réduit à une vie où on n'est jamais seul. Il ne peut pas vivre privé de moments où il est seul. S'il était afrikaans, il faudrait qu'il passe tous les instants de sa vie, nuit et jour, dans la compagnie des autres. C'est une perspective qui lui est insupportable.

Il se rappelle les trois journées passées au camp de scouts, il se rappelle le supplice que cela avait été, son envie permanente et toujours contrariée de s'esquiver pour retourner lire un livre tout seul dans la tente.

Un samedi son père l'envoie chercher des cigarettes. Il peut soit aller à vélo jusqu'au centre ville où il y a de vrais magasins avec des vitrines et des caisses enregistreuses, soit aller au petit magasin afrikaans près du passage à niveau, qui n'est guère qu'une pièce à l'arrière de la maison avec un comptoir peint en marron foncé et presque rien sur les rayons. Il décide d'aller au plus près.

L'après-midi est très chaude. Dans le magasin il y a du *biltong*, de la viande séchée, pendu au plafond et des mouches partout. Il est sur le point de dire au garçon qui est derrière le comptoir – un Afrikaner plus vieux que lui – qu'il veut un paquet de Springbok sans filtres, lorsqu'une mouche lui rentre dans la bouche. Il la recrache, avec dégoût. La mouche tombe sur le comptoir devant lui et se débat dans une bulle de salive.

« *Sies !* » Pouah ! dit l'un des clients.

Il voudrait protester : « Mais qu'est-ce que vous vouliez que je fasse ? Est-ce qu'il fallait que je l'avale ? Que je ne crache pas ? Je ne suis qu'un enfant, après tout ! » Mais les explications ne servent à rien parmi ces gens sans merci. Il essuie le comptoir de la main, et paie les cigarettes dans un silence réprobateur.

Évoquant le souvenir des jours anciens à la ferme, son père et les frères de son père en reviennent une fois de plus sur le sujet de leur propre père. « *'n Ware ou jintleman !* » disent-ils, un vrai gentleman d'autrefois, et ils répètent la formule à son intention, et ils rient : « *Dis wat hy op sy grafsteen sou gewens het.* » Un *gentleman farmer*. C'est ce que leur père aurait aimé voir gravé sur sa tombe. Mais ils rient surtout parce que leur père a continué à porter des bottes de cheval alors que tout le monde à la ferme portait des *velskoen*, des chaussures faites sur place.

A les écouter, sa mère fait entendre des exclamations de mépris. « Vous oubliez comme vous aviez peur de lui, dit-elle. Vous étiez déjà des hommes que vous aviez peur d'allumer une cigarette devant lui. »

Ils sont décontenancés et ne savent que répondre : elle a touché un point sensible, c'est clair.

Son grand-père, celui qui avait des prétentions de gentleman, jadis était propriétaire non seulement d'une ferme et de la moitié des parts de l'hôtel et du magasin d'alimentation générale de Fraserburg Road, mais aussi d'une maison à Merweville, devant laquelle il y avait un mât auquel il hissait le Union Jack le jour de l'anniversaire du roi.

« *'n Ware ou jintlman en 'n ware ou jingo !* » ajoutent les frères. Un bon vieux et loyal sujet de sa majesté, un chauvin ! Et ils rient de nouveau.

Sa mère voit juste. Ils ont l'air de garnements qui disent des gros mots derrière le dos des parents. De toute façon, de quel droit se moquent-ils de leur père ? Sans lui, ils ne parleraient pas un mot d'anglais : ils seraient comme leurs voisins, les Botes et les Nigrini, des paysans lourdauds et bêtes, qui n'ont aucune conversation en dehors du temps qu'il fait et des moutons. Au moins quand ils se retrouvent en famille, on bavarde, on plaisante et on rit dans un méli-mélo de langues ; alors que lorsque les Nigrini ou les Botes viennent en visite, l'ambiance tout d'un coup s'assombrit, devient pesante et morne. « *Ja-nee* », soupirent les Botes. « *Ja-nee* », eh bien, disent les Coetzee, tout en priant le ciel que leurs invités se dépêchent de partir.

Et lui ? Si le grand-père qu'il respecte était un chauvin d'Anglais, est-ce que cela fait de lui un chauvin aussi ? Est-ce qu'un enfant peut être chauvin ? Il se tient au garde-à-vous quand on joue le *God Save the King* au cinéma, ou lorsque le Union Jack se déploie sur l'écran. Le son des cornemuses lui donne le frisson, de même que les mots comme « vaillance » et « bravoure ». Est-ce qu'il devrait le garder secret, cet attachement qu'il a pour l'Angleterre ?

Il n'arrive pas à comprendre pourquoi il y a autour de lui tant de gens qui n'aiment pas l'Angleterre. L'Angleterre, c'est Dunkerque, et la bataille d'Angleterre. L'Angleterre, c'est faire son devoir et accepter son sort sans bruit, sans faire d'histoires. L'Angleterre, c'est ce jeune garçon à la bataille du Jutland qui n'a pas abandonné ses canons alors que le pont de son bâtiment brûlait sous ses pieds. L'Angleterre, c'est Lancelot du lac et Richard Cœur de Lion et Robin des Bois avec son grand arc de bois d'if et son habit vert Lincoln. Qu'ont les Afrikaners qui se compare à cela ? Dirkie Uys, qui a chevauché sa monture jusqu'à ce que le cheval, épuisé, meure sous lui. Piet Retief, qui s'est fait ridiculiser par Dingaan. Et puis les Voortrekkers qui se sont vengés en faisant feu sur des milliers de Zoulous sans fusils, et qui en tirent gloire.

Il y a une église anglicane à Worcester, et un pasteur qui a les cheveux gris et qui fume la pipe, et qui est en plus le chef scout ; certains des élèves anglais de sa classe – les vrais Anglais, qui ont des noms anglais et qui habitent dans la partie ancienne, ombragée, de Worcester – l'appellent le Padre. Quand les Anglais se mettent à parler comme cela, il se tait. Il y a la langue anglaise qu'il manie avec aisance. Il y a l'Angleterre et tout ce que l'Angleterre représente et à quoi il croit être loyal. Mais il en faut davantage, c'est clair, pour être accepté comme véritable Anglais : il y a des épreuves auxquelles on est soumis, et certaines de ces épreuves, il le sait, il ne les passera pas avec succès.

Seize

Quelque chose a été convenu au téléphone, il ne sait pas de quoi il s'agit, mais cela le met mal à l'aise. Il n'aime pas le sourire satisfait, mystérieux que sa mère arbore, le sourire qui veut dire qu'elle s'est mêlée de ses affaires.

Ce sont les derniers jours avant qu'ils quittent Worcester. Ce sont les meilleures journées de toute l'année scolaire, les examens sont finis et il n'y a rien à faire sauf aider l'instituteur à remplir son registre.

M. Gouws lit la liste des notes ; les élèves font les additions, matière par matière, et puis ils calculent les moyennes, et c'est à qui sera le premier à lever la main avec le résultat. Le jeu consiste à deviner qui a eu quelle note. Le plus souvent il reconnaît les siennes, une série qui va de dix-huit à vingt en arithmétique et qui descend dans les quatorze en histoire et en géographie.

Il ne réussit pas si bien en histoire et géographie parce qu'il déteste ce qui fait appel à la mémoire. Il a tellement horreur de cela qu'il remet les révisions en histoire et géographie jusqu'à la dernière minute, jusqu'à la veille et même jusqu'au matin de l'examen. Il ne peut pas voir son livre d'histoire, avec sa couverture de carton couleur chocolat et les listes qui n'en finissent pas d'énumérer les causes des événements (causes des guerres napoléoniennes, causes du Grand Trek). Les auteurs sont Taljaard et Schoeman. Il se représente Taljaard mince et sec, et Schoeman rondelet avec une calvitie naissante et des lunettes ; Taljaard et Schoeman sont assis face à face dans une pièce à Paarl, occupés à rédiger des pages acrimonieuses qu'ils se passent. Il ne voit pas pourquoi ils ont tenu à écrire ce manuel en anglais, si ce n'est pour donner une leçon aux petits *Engelse*.

En géographie, ce n'est guère mieux – des listes de villes, des listes de fleuves, des listes de produits. Quand on lui demande ce que produit un pays, il termine toujours sa liste avec les peaux et le cuir en espérant tomber juste. Il ne sait pas la différence entre les peaux et le cuir, mais personne d'autre ne la connaît non plus.

Quant aux autres examens, s'il ne les attend pas avec impatience, le moment venu, il s'y plie sans rechigner. Il est bon aux examens ; s'il n'avait pas les examens pour montrer qu'il est bon, ce serait un élève tout à fait ordinaire. Les examens le mettent dans un état d'excitation fébrile, dans un état second qui lui permet d'écrire vite et avec assurance. Cet état ne lui plaît pas en soi, mais cela le rassure de penser qu'il peut en tirer parti le cas échéant.

Parfois, en heurtant deux pierres l'une contre l'autre, et en inhalant les émanations, il arrive à retrouver cet état, cette odeur, ce goût : la poudre à canon, le fer, la chaleur, un battement sourd et régulier dans ses veines.

Ce que cachent la conversation téléphonique et le sourire de sa mère devient clair lors de la récréation du matin, quand M. Gouws lui fait signe de rester après les autres. M. Gouws a un air hypocrite, il manifeste une amabilité dont il se méfie.

M. Gouws veut qu'il vienne chez lui prendre le thé. Il fait oui de la tête sans dire un mot et écoute l'adresse pour se la rappeler.

Il n'a aucune envie d'y aller. Non qu'il n'aime pas M. Gouws. S'il ne lui fait pas autant confiance qu'à Mme Sanderson au cours moyen première année, ce n'est que parce que M. Gouws est un homme, que c'est la première fois qu'il a un instituteur, et il y a quelque chose qui émane des hommes qui le rend méfiant : une nervosité, une rudesse à peine contenue, comme un plaisir qu'ils prennent à la cruauté. Il ne sait pas comment se comporter avec M. Gouws ou avec les hommes en général : faut-il ne leur opposer aucune résistance et rechercher leur approbation, ou mettre une barrière entre eux et lui, et garder ses distances ? C'est plus facile avec les femmes, parce qu'elles sont plus gentilles. Mais M. Gouws – il ne peut le nier – est aussi juste qu'on peut l'être. Il a une bonne maîtrise de l'anglais et il ne semble pas en vouloir aux Anglais, ni aux élèves de familles afrikaans qui préfèrent être anglais. Pendant une de ses nombreuses absences de l'école, M. Gouws a enseigné l'analyse des compléments d'objet. Il a eu du mal à rattraper le reste de la classe sur les compléments d'objet. Si les compléments d'objet, comme les locutions idiomatiques, étaient incompréhensibles, les autres élèves auraient aussi du mal. Mais les autres, ou la plupart des autres, semblent trouver les compléments d'objet faciles comme bonjour. Il faut se rendre à l'évidence : M. Gouws sait quelque chose en grammaire anglaise que lui ne sait pas.

M. Gouws use de la badine autant que tout autre instituteur. Mais sa punition de prédilection, quand la classe a été trop agitée et pendant trop longtemps, est de leur dire de poser leurs porte-plume, de fermer leurs cahiers, de croiser les mains sur la nuque, de fermer les yeux, et de rester comme ça, sans battre un cil.

En dehors du bruit des pas de M. Gouws qui va et vient entre les rangées de pupitres, c'est le silence complet. Des eucalyptus qui bordent la cour arrive le roucoulement paisible des colombes. C'est une punition qu'il pourrait supporter pour l'éternité, en toute équanimité : les colombes, le bruit doux de la respiration des autres autour de lui.

Disa Road, où habite M. Gouws, se trouve aussi à Reunion Park, dans le quartier neuf qui s'est développé au nord du lotissement, et qu'il n'a jamais exploré. Non seulement

M. Gouws habite à Reunion Park et va à l'école à vélo, sur un vélo avec de gros pneus, mais, qui plus est, il a une femme, une brune plutôt quelconque, et plus étonnant encore, deux jeunes enfants. C'est ce qu'il découvre dans la salle de séjour du 11, Disa Road, où des pains au lait faits maison et du thé l'attendent sur la table, et où, comme il le craignait, il se retrouve en tête à tête avec M. Gouws, et, au supplice, se voit obligé de faire hypocritement la conversation.

Cela va de mal en pis. M. Gouws, qui a laissé son veston et sa cravate pour des shorts et des chaussettes kaki, essaie de lui faire croire que, maintenant que l'année scolaire est terminée, maintenant qu'il va quitter Worcester, ils peuvent devenir des amis, tous les deux. En fait il insinue qu'ils ont été amis toute l'année, l'instituteur et l'élève le plus intelligent, le premier de la classe.

Il rougit et se crispe. M. Gouws lui offre un autre petit pain, qu'il refuse. « Mais si, voyons ! » dit M. Gouws en souriant, plaçant le petit pain sur son assiette malgré tout. Il lui tarde de partir.

Il aurait voulu quitter Worcester en laissant tout en ordre derrière lui. Il était disposé à faire une place à M. Gouws dans ses souvenirs, aux côté de Mme Sanderson, pas exactement sur le même rang, mais pas loin derrière. Et voilà que M. Gouws gâche tout. Il aurait préféré qu'il se dispense de faire ça.

Il ne touche pas au deuxième petit pain. Il arrête de jouer la comédie, et s'enferme dans un silence buté. « Il faut que tu t'en ailles maintenant ? » dit M. Gouws. Il fait oui de la tête. M. Gouws se lève et l'accompagne jusqu'au petit portail, qui est la réplique exacte du portail du 12, avenue des Peupliers, et qui grince exactement sur la même note aiguë.

M. Gouws a au moins assez de jugeote pour ne pas l'obliger à lui serrer la main ou autre idiotie du même genre.

La décision de quitter Worcester est liée aux Conserveries Standard. Son père s'est mis dans l'idée qu'il n'a pas d'avenir aux Conserveries Standard, qui, d'après lui, sont en perte de vitesse. Il va reprendre un cabinet.

On organise une réunion d'adieu au bureau, dont son père revient avec une belle montre. Peu après, il part pour Le Cap, seul, laissant sa mère à Worcester pour organiser le déménagement. Elle prend un déménageur nommé Retief, et s'entend avec lui sur un prix de quinze livres, pour lequel il transportera non seulement les meubles, mais il les emmènera aussi tous les trois dans la cabine de la camionnette.

Les hommes de Retief chargent les meubles, sa mère et son frère montent dans la cabine. Il se précipite une dernière fois dans la maison vide, pour un dernier adieu. Derrière la porte d'entrée il y a encore le porte-parapluie où on met d'habitude deux cannes de golf et un parapluie ; il est vide. « Ils ont oublié le porte-parapluie ! » crie-t-il. « Allons, viens ! » répond sa mère. « Ne t'inquiète pas de ce vieux porte-parapluie, laisse-le ! » répond-elle. « Non ! » et il refuse de partir avant que les hommes viennent chercher le porte-parapluie. « *Dis net 'n ou stuk pyp* », grommelle Retief. Tu parles, pour un vieux bout de tuyau.

C'est ainsi qu'il découvre que ce qu'il avait pris pour un porte-parapluie n'est rien d'autre qu'un morceau de tuyau d'évacuation en ciment que sa mère avait mis dans la maison et peint en vert. Voilà ce qu'ils emportent avec eux au Cap, avec le coussin couvert de poils de chien sur lequel Cosaque dormait autrefois, et un rouleau de grillage récupéré dans le poulailler, et la machine à lancer les balles de cricket, et le bâton sur lequel est gravé l'alphabet morse. Comme la camionnette ahane pour arriver au col de Bain's Kloof, on se croirait dans l'arche de Noé, qui emporte le bric-à-brac qu'ils ont pu sauver de leur vie passée.

A Reunion Park ils payaient douze livres par mois de loyer. Le loyer de la maison que son père a louée à Plumstead est de vingt-cinq livres. Elle est située à la périphérie de Plumstead, face à un terrain vague au sol de sable envahi d'acacias. Pas plus tard qu'une semaine après leur arrivée, la police trouve le cadavre d'un nourrisson dans un sac de papier marron. A une demi-heure à pied, dans la direction opposée, se trouve la gare de Plumstead. La maison elle-même est de construction récente, comme toutes les maisons de la rue Evremonde, avec de grandes fenêtres et des sols parquetés. Les portes sont gauchies, les serrures ne ferment pas, il y a un tas de gravats dans le jardin derrière la maison.

Les voisins d'à côté sont un couple qui vient d'arriver d'Angleterre. L'homme passe son temps à laver sa voiture ; la femme, en short rouge et avec des lunettes de soleil, passe ses journées sur une chaise longue à bronzer ses longues jambes blanches.

La première chose à faire est de trouver des écoles pour lui et pour son frère. Le Cap n'est pas comme Worcester où tous les garçons allaient à l'école de garçons et toutes les filles à l'école de filles. Au Cap, en matière d'école, on a le choix. Mais pour entrer dans une bonne école il faut connaître des gens, et il ne connaissent pas grand monde.

Grâce à l'un des frères de sa mère, Lance, ils arrivent à obtenir un rendez-vous au lycée de garçons de Rondebosch. Bien habillé, avec la chemise, la culotte, la cravate et le blazer bleu marine qui a l'insigne de l'école primaire de garçons de Worcester cousu sur la poche poitrine, il attend à côté de sa mère sur un banc devant le bureau du proviseur. Quand arrive leur tour, on les fait entrer dans une pièce lambrissée de boiseries couvertes de photos d'équipes de rugby et de cricket. Toutes les questions du proviseur sont adressées à sa mère : où ils habitent, ce que fait son père. Puis vient le moment qu'il attendait. De son sac elle sort le bulletin qui montre qu'il était premier de sa classe et qui devrait lui ouvrir toutes les portes.

Le proviseur met ses lunettes. « Alors, comme ça tu étais premier de ta classe, dit-il. C'est bien, très bien ! Mais tu vas voir que ce n'est pas aussi facile ici. »

Il avait espéré qu'on le mettrait à l'épreuve, qu'on lui demanderait la date de la bataille de Blood River, ou, mieux encore, qu'on lui poserait une colle en calcul mental. Mais c'est tout, l'entrevue est terminée. « Je ne peux rien vous promettre, dit le proviseur. Son nom sera mis sur la liste d'attente, et il n'y a plus qu'à espérer qu'il y aura une défection. »

Son nom est porté sur les listes d'attente dans trois établissements, sans résultat. Être premier à Worcester ne suffit pas pour Le Cap, c'est clair.

Leur dernier recours est l'établissement catholique Saint-Joseph. Il n'y a pas de liste d'attente pour Saint-Joseph : on prend tous ceux qui veulent bien payer les frais de scolarité, qui, pour les non-catholiques, se montent à douze livres par trimestre.

L'expérience est une leçon, pour lui et pour sa mère : au Cap les gens de classes différentes vont dans des écoles différentes. Saint-Joseph prend les enfants, sinon de la classe au bas de l'échelle, du moins à peine au-dessus de cela. Son échec à le faire entrer dans un meilleur établissement est un sujet d'amertume pour sa mère, mais lui n'en est pas contrarié. Il ne sait pas trop de quelle classe ils sont, dans quel milieu ils se placent. Mais, pour l'instant, il est content d'en être quitte pour la peur : la menace d'être envoyé dans une école afrikaans et d'en être réduit à une vie d'Afrikaner s'est estompée, c'est tout ce qui compte. Il peut se détendre. Il n'a même plus à faire semblant d'être catholique.

Les vrais Anglais ne vont pas dans des écoles comme Saint-Joseph. Mais, dans les rues de Rondebosch, il les voit aller à leurs lycées et revenir, il les voit tous les jours, il peut admirer leurs cheveux raides, blonds, leurs teints dorés, leurs vêtements qui ne sont jamais ni trop grands ni trop petits, leur assurance tranquille. Ils se charrient avec des blagues de potache (mot qu'il connaît par ses lectures des histoires qui se passent dans ce genre d'école privée), dans un esprit bon enfant, et sans ce côté grinçant et gauche auquel il a été habitué. Il n'aspire nullement à se joindre à eux, mais il les observe et essaie d'en prendre de la graine.

Les garçons du collège diocésain, qui sont les plus anglais de tous et qui ne s'abaissent même pas à jouer au rugby ou au cricket contre ceux de Saint-Joseph, habitent les beaux quartiers, Bishopscourt, Fernwood, Constantia, dont il entend parler mais qu'il ne voit jamais puisqu'ils sont éloignés de la ligne de chemin de fer. Ils ont des sœurs qui sont dans des écoles comme Herschel et Saint-Cyprien, sur lesquelles ils veillent et qu'ils protègent avec bonne humeur. A Worcester c'est à peine s'il avait jamais vu des filles : ses copains, semblait-il, avaient toujours des frères, pas de sœurs. Maintenant il peut entrevoir pour la première fois les sœurs des Anglais, d'un blond si doré, si belles, qu'il a peine à croire que ce sont des créatures de ce monde.

Pour être à l'heure à l'école, pour huit heures et demie, il faut qu'il quitte la maison à sept heures et demie : une demi-heure à pied jusqu'à la gare, un quart d'heure de train, cinq minutes de la gare à l'école, ce qui lui donne une marge de dix minutes au cas où il y aurait des retards. Cependant, comme il a peur d'être en retard, il quitte la maison à sept heures et il est à l'école à huit. Là, dans la salle de classe que vient d'ouvrir l'homme de service, il peut s'installer à son pupitre et, la tête posée sur ses bras pliés, attendre.

Il fait des cauchemars : il se trompe en lisant l'heure sur

le cadran de sa montre, il manque des trains, il tourne à la mauvaise rue. Dans ses cauchemars, il pleure de désespoir, éperdument.

Les deux seuls élèves qui arrivent avant lui à l'école sont les frères de Freitas, que leur père, marchand de fruits et légumes, dépose au point du jour avec sa vieille fourgonnette bleue en allant au marché de Salt River.

Les enseignants à Saint-Joseph sont des frères maristes. Pour lui, ces frères, avec leur austère soutane noire et leur plastron blanc amidonné, ne sont pas des gens comme les autres. Ils ont un air de mystère qui l'impressionne : le mystère de leur origine, le mystère de leur nom qu'ils ont abandonné. Cela ne lui plaît pas de voir le frère Augustin, l'entraîneur de cricket, venir à l'entraînement en chemise blanche, pantalon noir et chaussures de cricket, comme quelqu'un d'ordinaire. Et surtout cela ne lui plaît pas de voir le frère Augustin glisser une protection, « une boîte » dans son pantalon, quand il prend la batte.

Il ne sait pas ce que font les frères quand ils ne font pas la classe. L'accès à l'aile du bâtiment où ils dorment, mangent et où ils ont leur vie privée est interdit aux élèves et il ne souhaite pas y pénétrer. Il aime à penser qu'ils y mènent des vies austères, levés à quatre heures du matin, passant des heures en prières, mangeant frugalement, et reprisant leurs chaussettes eux-mêmes. Quand ils se comportent mal, il leur cherche à tout prix des excuses. Quand le frère Alexis, par exemple, qui est gros et barbu, lâche des pets sans vergogne et s'endort dans la classe d'afrikaans, il se l'explique en se disant que le frère Alexis est un homme intelligent qui trouve que l'enseignement est indigne de lui. Lorsque le frère Jean-Pierre est brusquement relevé de son service dans le dortoir des petits – le bruit court qu'il a fait des choses aux petits garçons –, il ne veut pas le savoir, ni y penser, tout simplement. Il lui semble inconcevable que des frères aient des désirs sexuels qu'ils ne combattent pas.

Comme les frères de langue maternelle anglaise sont très peu nombreux, ils ont embauché un laïc catholique pour enseigner l'anglais. M. Whelan est irlandais : il hait les Anglais et cache à peine son aversion pour les protestants. Il ne fait pas non plus le moindre effort pour prononcer correctement les noms afrikaans qu'il articule en pinçant les lèvres avec dégoût comme s'ils appartenaient à un charabia de païens.

Ils passent la plupart de leurs classes d'anglais sur *Jules César* de Shakespeare. La méthode de M. Whelan consiste à distribuer les rôles aux élèves et à les leur faire lire à haute voix. Ils font aussi des exercices dans leur livre de grammaire et, une fois par semaine, ils font une rédaction. Ils ont une demi-heure pour faire la rédaction, après quoi ils la remettent à M. Whelan. Dans les dix minutes qui restent, M. Whelan corrige toutes les rédactions, puisqu'il ne veut pas emporter de corrections à faire chez lui. Ses séances de correction en dix minutes sont devenues l'un de ses meilleurs numéros que les garçons de la classe observent avec des sourires admiratifs. Le crayon bleu levé, M. Whelan parcourt la pile de rédactions. A la fin de son numéro, il rassemble les cahiers de rédaction et passe le tas au chef de classe qui les rend dans un discret crépitement d'applaudissements ironiques.

De son prénom, M. Whelan s'appelle Terence. Il porte un blouson de moto en cuir et un chapeau. Quand il fait froid, il garde son chapeau, même à l'intérieur. Il se frotte les mains, des mains blanches, pour les réchauffer ; il a le visage exsangue d'un cadavre. Ce qu'il fait en Afrique du Sud, pourquoi il n'est pas en Irlande, ce n'est pas clair. On dirait qu'il n'a que des critiques à faire sur l'Afrique du Sud et tout ce qui s'y passe.

Pour M. Whelan il fait des rédactions sur le personnage de Marc Antoine, sur le personnage de Brutus, sur la sécurité des piétons, sur le sport, sur la nature. La plupart de ses rédactions sont des exercices ennuyeux, qu'il fait sans réfléchir. Mais il lui arrive d'éprouver un élan d'enthousiasme en écrivant et la plume se met alors à courir sur le papier. Dans l'une de ses rédactions, un bandit de grand chemin est embusqué dans l'ombre au bord de la route. Son cheval renâcle légèrement et son haleine forme des volutes de vapeur dans l'air froid de la nuit. Un rayon de lune lui barre la face comme une balafre ; il tient son pistolet sous un pan de son manteau pour protéger la poudre de l'humidité.

M. Whelan n'est guère impressionné par le bandit de grand chemin. Avec des clignements de paupières les yeux pâles de M. Whelan courent sur la page, le crayon s'abat : 6 1/2 sur 10. Il a presque toujours 6 1/2 en rédaction ; jamais plus de 7. Les garçons qui ont des noms anglais ont 7 1/2 ou 8. Malgré son nom bizarre, un élève qui s'appelle Theo Stavropoulos a des 8, parce qu'il est bien habillé et qu'il prend des leçons de diction. Theo se voit aussi donner le rôle de Marc Antoine, ce qui veut dire que c'est lui qui a l'occasion de lire à haute voix : « Romains, mes amis, mes concitoyens, écoutez-moi ! » qui est la tirade la plus célèbre de la pièce.

A Worcester, il partait pour l'école dans un état où se mêlaient l'appréhension et l'excitation. Certes, le menteur qu'il était risquait à tout moment d'être démasqué, avec des conséquences épouvantables. Cependant l'école était passionnante : chaque jour, semblait-il, apportait de nouvelles révélations sur la cruauté, la souffrance et la haine qui font rage sous la surface ordinaire des choses. Ce qui se passait n'était pas bien, il le savait, et on n'aurait pas dû le permettre ; il était trop jeune, trop petit, trop vulnérable, pour les choses auxquelles il était exposé. Néanmoins la passion et la fureur qui marquaient ces journées le captivaient ; cela le choquait mais il était avide d'en voir davantage, de voir tout ce qu'il y avait à voir.

Au Cap, par contre, il a bien vite l'impression qu'il perd son temps. L'école n'est plus un lieu où s'expriment les grandes passions. C'est un monde petit, étriqué, une prison au régime plus ou moins coulant où il pourrait aussi bien tresser des paniers que se plier au train-train de la classe. Le Cap ne le rend pas plus intelligent, ça le rend plus bête. Il s'en rend compte et à cette idée il est pris de panique. Ce qu'il est vraiment, ce vrai « moi », quel qu'il soit, qui devrait naître des cendres de son enfance, on ne le laisse pas venir au monde, on l'étiole, on l'étouffe.

C'est dans la classe de M. Whelan que ce sentiment prend une acuité désespérante. Il est capable d'en écrire bien plus que ce que M. Whelan ne lui permettra jamais d'écrire. Écrire pour M. Whelan ce n'est guère déployer ses ailes ; au contraire, c'est plutôt se recroqueviller en boule, et se faire aussi petit et aussi inoffensif que possible.

Il n'a aucune envie d'écrire sur le sport (*mens sana in corpore sano*) ou sur la sécurité des piétons, c'est tellement ennuyeux qu'il faut se creuser le crâne pour trouver des mots à aligner. Il ne veut même pas écrire sur les bandits de grand chemin : il a le sentiment que les rais de lune qui leur balafrent le visage et leurs phalanges qui blanchissent en se serrant sur la crosse de leurs pistolets, qui font peut-être impression sur le moment, ne sont pas de lui, lui viennent d'ailleurs et sont des images déjà défraîchies. Ce qu'il écrirait, s'il pouvait, s'il n'y avait pas M. Whelan pour le lire, serait quelque chose de plus sombre, quelque chose qui, une fois que cela commencerait à couler de sa plume, se répandrait sur la page sans qu'on puisse l'arrêter, comme de l'encre renversée. Comme de l'encre renversée, comme des ombres qui courent à la surface d'une eau qui dort, comme des éclairs qui crépitent et qui zèbrent le ciel.

C'est aussi à M. Whelan que revient la tâche d'occuper les élèves non catholiques de sixième pendant que les catholiques sont au catéchisme. Il est censé lire avec eux l'Évangile selon saint Luc. Au lieu de cela il leur rebat les oreilles des luttes et déboires de Parnell et de la perfidie des Anglais. Certains jours, il arrive en classe avec le *Cape*

Times, écumant de rage à la lecture des dernières infamies commises par les Russes dans les pays satellites. « Dans leurs écoles ils ont instauré un enseignement de l'athéisme et on oblige les enfants à cracher sur la croix, dit-il d'une voie tonnante. Ceux qui restent fidèles à leur foi sont envoyés dans d'ignobles camps de prisonniers. Voilà ce que c'est que le communisme, qui a l'impudence de se dire la religion de l'Homme. »

Le frère Otto leur parle des persécutions des chrétiens en Chine. Le frère Otto n'est pas comme M. Whelan : il ne fait pas de bruit, il rougit pour un rien, et il faut l'amadouer pour lui faire raconter des histoires. Mais ses histoires sont plus convaincantes parce qu'il a vraiment été en Chine. « Mais oui, je l'ai vu, de mes yeux vu, dit-il dans son anglais hésitant, des gens enfermés dans des cellules minuscules, entassés au point qu'ils ne pouvaient même plus respirer, et ils mouraient. Je l'ai vu. »

Ching-Chong-le-Chinois. C'est comme ça que les garçons de l'école appellent le frère Otto derrière son dos. Pour eux, ce que le frère Otto raconte sur la Chine, ou ce que M. Whelan raconte sur la Russie n'a pas plus de réalité que Jan van Riebeeck ou le Grand Trek. En fait, comme Jan van Riebeeck et le Grand Trek sont au programme de sixième, alors que le communisme n'est pas au programme, ce n'est pas la peine de s'inquiéter de ce qui se passe en Chine ou en Russie. La Chine et la Russie ne sont que des prétextes qui permettent au frère Otto et à M. Whelan de pérorer.

Quant à lui, il ne sait pas à quoi s'en tenir. Il sait que les histoires que les professeurs racontent sont probablement des mensonges, mais il n'a aucun moyen de le prouver. Ça le chiffonne d'être obligé de rester à les écouter, mais il est trop futé pour broncher, encore moins protester. Il a lu le *Cape Times*, lui aussi, et il sait ce qui arrive aux compagnons de voyage des communistes. Il n'a aucune envie de se faire dénoncer et ostraciser.

Bien que M. Whelan soit loin d'être enthousiaste pour enseigner les Écritures aux non-catholiques, il ne peut guère faire l'impasse totale sur les Évangiles. « Si quelqu'un te gifle sur la joue droite, tends-lui l'autre joue », lit-il dans l'Évangile selon saint Luc. « Qu'est-ce que Jésus veut dire par là ? Est-ce qu'il veut dire qu'il ne faut pas défendre son droit ? Est-ce qu'il veut dire qu'il faut se laisser marcher sur les pieds ? Évidemment pas. Mais si une brute vient chercher la bagarre, Jésus dit : ne réponds pas à la provocation. Il y a une autre, une meilleure manière de régler les disputes que les coups de poing.

« Car à tout homme qui a, l'on donnera ; mais à celui qui n'a pas, même ce qu'il a lui sera enlevé. Qu'est-ce que Jésus veut dire ? Est-ce qu'il veut dire que le seul moyen de s'assurer le salut est de donner tout ce que nous avons ? Non. Si Jésus avait voulu que nous allions en haillons, il l'aurait dit. Jésus parle par paraboles. Il nous dit que ceux d'entre nous qui ont une foi sincère seront récompensés aux cieux, alors que ceux qui n'ont pas la foi subiront le châtiment éternel en enfer. »

Il se demande si M. Whelan consulte les frères – notamment le frère Odilo qui est l'économe et qui encaisse les frais de scolarité – avant de prêcher de telles doctrines aux non-catholiques. M. Whelan, le professeur laïc, croit manifestement que les non-catholiques sont des païens, des damnés. Les frères eux-mêmes, en revanche, sont plutôt tolérants.

Son attitude récalcitrante aux leçons de M. Whelan sur les Écritures ne vient pas d'un sentiment superficiel. Il est sûr que M. Whelan n'a pas la moindre idée de ce que les paraboles de Jésus veulent dire véritablement. Bien qu'il soit lui-même athée, qu'il l'ait toujours été, il lui semble qu'il comprend Jésus bien mieux que M. Whelan ne le comprend. Il n'aime pas Jésus – Jésus se met trop facilement en colère –, mais il veut bien le voir d'un œil tolérant. Au moins Jésus ne faisait pas semblant d'être Dieu, et il est mort avant d'être père. C'est là la force de Jésus ; c'est ainsi qu'il conserve son pouvoir.

Mais il y a une partie de l'Évangile selon saint Luc dont il n'aime pas entendre la lecture. Quand ils en arrivent à cet endroit, il se raidit, il se bouche les oreilles. Les femmes arrivent au sépulcre pour embaumer le corps de Jésus. Jésus n'est pas là. A sa place, elles trouvent deux anges. « Pourquoi cherchez-vous le vivant parmi les morts ? » disent les anges. « Il n'est pas ici mais il est ressuscité. » S'il se débouchait les oreilles et laissait les mots le pénétrer, il le sait, il lui faudrait se mettre debout sur son banc et pousser des cris de triomphe. Il lui faudrait se ridiculiser pour toujours.

Il n'a pas le sentiment que M. Whelan lui en veut personnellement. Malgré tout, sa meilleure note aux examens d'anglais n'est que 14 sur 20. Avec cette note-là, il ne peut pas arriver premier en anglais : d'autres élèves le battent sans difficulté, par pur favoritisme. Il ne réussit pas bien non plus en histoire et géographie qui l'embêtent plus que jamais. Ce sont seulement ses bonnes notes en mathématiques et en latin qui le mettent tout juste en tête, devant Oliver Matter, le Suisse, qui était le plus fort de la classe avant son arrivée.

Maintenant qu'il a trouvé en Oliver un adversaire digne de lui, l'ancienne promesse qu'il s'était faite de toujours rapporter une place de premier sur son bulletin devient une question d'honneur personnel à défendre farouchement. Il n'en dit rien à sa mère, mais il se prépare en vue du jour qu'il envisage en tremblant, le jour où il faudra lui dire qu'il est deuxième.

Oliver Matter est un garçon doux, souriant, au visage lunaire que ça n'a pas l'air de déranger autant que lui d'arriver deuxième. Chaque jour, entre lui et Oliver, c'est à qui sera le plus rapide au concours de questions-réponses dans la classe du frère Gabriel, qui les fait mettre en file, et qui passe de l'un à l'autre en posant des questions auxquelles il faut répondre en moins de cinq secondes ; il envoie celui qui ne sait pas répondre à la queue. A la fin de la partie, c'est toujours lui ou Oliver qui reste en tête de file.

Et puis Oliver cesse de venir en classe. Au bout d'un mois, sans autre explication, le frère Gabriel leur annonce qu'Oliver est à l'hôpital, il a une leucémie, et chacun doit prier pour lui. Comme il ne croit pas en Dieu, il ne prie pas, il se contente de bouger les lèvres. Il se dit que tout le monde va penser qu'il veut qu'Oliver meure pour pouvoir être premier de la classe.

Oliver ne revient pas à l'école. Il meurt à l'hôpital. Les élèves catholiques assistent à une messe dite pour le repos de son âme.

La menace s'est éloignée. Il respire mieux ; mais il ne trouve plus le même plaisir à arriver premier de la classe.

Dix-sept

La vie au Cap est moins variée que la vie qu'il avait à Worcester. Pendant les week-ends en particulier, il n'y a rien à faire, si ce n'est lire le *Reader's Digest*, écouter la radio ou taper sur une balle de cricket. Il ne fait plus de vélo : il n'y a nulle part où aller à Plumstead, qui n'est qu'une longue suite de maisons, dans quelque direction qu'on aille, et, de toute façon, il est trop grand maintenant pour le Smiths, qui commence à avoir l'air d'un vélo d'enfant.

Circuler à vélo dans les rues commence en fait à lui paraître idiot. D'autres activités qui autrefois l'absorbaient, le Meccano, la collection de timbres, ont aussi perdu leur charme. Il ne comprend plus comment il a pu perdre son temps à ces choses-là. Il passe des heures dans la salle de bains, à s'étudier dans la glace. Ce qu'il y voit ne lui plaît pas. Il ne sourit plus ; il met au point un rictus.

La seule de ses passions qui n'ait rien perdu de sa force est le cricket. Personne à sa connaissance n'est consumé d'une passion comme la sienne pour le cricket. Il joue au cricket à l'école, mais il ne joue jamais assez. Le stoep de la maison est carrelé d'ardoise. C'est là qu'il joue tout seul : il tient la batte dans la main gauche et jette la balle contre le mur de la main droite ; il la frappe quand elle rebondit, en s'imaginant qu'il est sur le terrain. Des heures durant, il envoie la balle contre le mur. Les voisins viennent se plaindre du bruit à sa mère, mais il n'en a cure.

Il a longuement étudié les manuels de cricket, il connaît tous les coups par cœur, et il sait tous les faire avec le mouvement de pieds qu'il faut. Mais la vérité est qu'il préfère ses parties en solitaire sur le stoep au vrai cricket. A l'idée d'être à la batte sur un vrai terrain, il est tout excité, mais il est en même temps pris de peur. Il a surtout peur des lanceurs rapides, il a peur d'être frappé par la balle, il a peur de la douleur. Quand il joue un vrai match, il faut qu'il mobilise toutes ses forces pour ne pas flancher, pour ne pas montrer ce qu'il éprouve.

Il est rare qu'il marque des points. S'il n'est pas mis hors jeu tout de suite, il lui arrive de rester une demi-heure à la batte, sans marquer, ce qui agace tout le monde, y compris ses coéquipiers. Il semble alors entrer dans un état second de passivité dans lequel il peut se contenter de parer, de simplement détourner la balle. Quand il repense à ces échecs, il se console avec les récits de test-matchs sur un terrain traître, durant lesquels un joueur solitaire, d'habitude un gars du Yorkshire, stoïque, les lèvres pincées, reste obstinément à la batte, et l'on n'arrive pas à le sortir, alors que les autres batteurs se font mettre hors jeu les uns après les autres.

Premier à la batte contre l'équipe de Pinelands des moins de treize ans, un vendredi après-midi, il se trouve face à un garçon grand et dégingandé qui, encouragé par son équipe, s'acharne à lancer la balle très fort et à lui donner toute la vitesse possible. La balle semble lui arriver de partout, il n'arrive pas à la frapper, le gardien de guichet lui-même n'arrive pas à l'attraper à la volée. Sa batte ne lui sert quasiment à rien.

A la deuxième série de lancers qu'il reçoit, une balle arrive sur le sol d'argile à côté du tapis de sisal où se tient le batteur, rebondit et vient le frapper à la tempe. « Alors là, il exagère ! se dit-il, furieux. Il passe les bornes ! » Il se rend vaguement compte que les joueurs en défense sur le terrain le regardent d'un air bizarre. Il entend encore le bruit de l'impact de la balle contre l'os du crâne, un bruit sourd, sans écho. Et puis, c'est le trou noir, et il tombe.

Il est allongé au bord du terrain. Il a le visage et les cheveux mouillés. Des yeux, il cherche sa batte, mais il ne la voit pas.

« Reste tranquille, repose-toi un petit peu, dit le frère Augustin. Il parle sur un ton plutôt enjoué. Tu en as pris un bon coup sur la tête. »

« Je veux retourner à la batte », bafouille-t-il, et il se redresse. C'est ce qu'il faut dire, il le sait, pour montrer qu'on n'est pas un lâche. Mais il ne peut reprendre sa position à la batte : il a perdu son tour, et quelqu'un d'autre reçoit les balles à sa place.

Il se serait attendu à ce qu'ils fassent plus d'histoires. Il se serait attendu à ce qu'ils protestent haut et fort contre ce lanceur dangereux. Mais la partie continue, et ça marche bien pour son équipe. « Ça va ? Ça fait mal ? » lui demande un des garçons de son équipe, mais il écoute à peine la réponse. Il reste assis en bordure du terrain et regarde la fin de la manche. Plus tard, il joue en défense. Il voudrait bien avoir des maux de tête ; il voudrait bien perdre la vue, ou s'évanouir, ou qu'il lui arrive quelque chose d'un peu spectaculaire. Mais il se sent bien. Il se touche la tempe. Il y a un endroit sensible. Il espère bien que ça va enfler et bleuir d'ici demain, pour bien montrer qu'il a été frappé par la balle.

Comme tous les autres à l'école, il joue aussi au rugby. Même Shepherd, un garçon qui a un bras handicapé à cause de la polio, est obligé de jouer. On leur assigne des positions de jeu de façon assez arbitraire. On lui fait jouer pilier dans la deuxième équipe des moins de treize ans. Ils ont des matchs le samedi matin. Il pleut toujours le samedi : transi, mouillé, il se traîne de mêlée en mêlée sur le terrain détrempé, la mort dans l'âme, et se fait malmener par les garçons plus costauds que lui. Comme il est pilier, personne ne lui passe jamais le ballon, mais il aime autant, car il a peur de se faire plaquer. De toute façon, le ballon est enduit de graisse de cheval pour protéger le cuir et il est tellement glissant qu'il vous échappe des mains.

Il ferait bien semblant d'être malade le samedi, mais l'équipe serait obligée de jouer avec seulement quatorze joueurs. Ne pas se pointer pour un match de rugby est bien plus grave que de ne pas venir en classe.

L'équipe B des moins de treize ans perd tous ses matchs. L'équipe A aussi se fait presque toujours battre. Il ne comprend pas pourquoi l'école se mêle de jouer au rugby. Les frères, qui sont autrichiens ou irlandais, ne soutiennent guère leurs équipes, c'est sûr. Les rares fois où ils viennent les regarder jouer, ils ont l'air ahuris et ne comprennent rien à ce qui se passe.

Dans son tiroir du bas, sa mère a un livre avec une couverture noire qui s'appelle *Le Mariage idéal*. Ça parle de sexe ; cela fait des années qu'il sait que ce livre est là. Un jour il le subtilise et l'emporte à l'école. Le livre fait sensation parmi ses copains ; il est le seul, semble-t-il, à avoir des parents qui possèdent un livre pareil.

Bien que le livre soit décevant à lire – les dessins des organes ressemblent à des croquis de livre de sciences naturelles, et même dans la section consacrée aux différentes positions, il n'y a rien d'excitant (l'insertion du membre mâle dans le vagin fait penser à un lavement) –, les autres garçons s'y plongent avidement, et demandent à cor et à cri à l'emprunter.

Pendant le cours de chimie, il laisse le livre dans son pupitre. Quand ils reviennent de chimie, le frère Gabriel, qui est d'habitude plutôt jovial, a un air glacial, désapprobateur. Il est convaincu que le frère Gabriel a ouvert son pupitre et a vu le livre ; il attend le cœur battant qu'il l'annonce à la classe et se prépare à être couvert de honte. Le frère Gabriel n'annonce rien, mais dans chacune de ses remarques, il décèle une allusion voilée au mal, que lui, un non-catholique, a introduit dans l'école. Cela gâche tout entre le frère Gabriel et lui. Il regrette amèrement d'avoir apporté le livre ; il le remporte à la maison, le remet dans le tiroir, et ne le touche jamais plus.

Pendant quelque temps, lui et ses copains continuent à se retrouver dans un coin du terrain de sport pendant la récréation pour parler de sexe. Il participe à ces discussions en apportant des bribes d'information qu'il a glanées ici ou là dans le livre. Mais de toute évidence ces renseignements ne sont pas assez intéressants : les plus vieux élèves bientôt vont se mettre à l'écart pour poursuivre des conversations de grands durant lesquelles soudain ils baissent la voix, se mettent à chuchoter ou partent d'un gros rire. Ces conciliabules se tiennent autour de Billy Owens, qui a quatorze ans, qui a une sœur et connaît les filles, qui a aussi une veste de cuir qu'il met pour aller danser et qui a peut-être même déjà eu des rapports sexuels.

Il devient ami avec Theo Stavropoulos. Le bruit court que Theo est un *moffie*, un pédé, mais il n'en croit rien. Il aime le physique de Theo, sa peau fine, son teint haut en couleur, ses coupes de cheveux impeccables, et son élégance naturelle quoi qu'il ait sur le dos. Même le blazer de l'école, avec ses rayures verticales ridicules, fait bien sur lui.

Le père de Theo a une usine. Ce qui se fabrique dans cette usine, personne n'en sait trop rien, mais cela touche au poisson. La famille habite une grande maison dans la partie la plus cossue de Rondebosch. Ils ont tellement d'argent que les fils iraient sans aucun doute au collège diocésain si ce n'est qu'ils sont grecs. Comme ils sont grecs et qu'ils ont un nom étranger, ils sont obligés d'aller à Saint-Joseph, qui est, il s'en rend compte maintenant, une sorte de nasse où on recueille les garçons qui ne seraient pas à leur place ailleurs.

Il n'aperçoit le père de Theo qu'une seule fois : c'est un

homme grand, habillé avec élégance, avec des lunettes de soleil. Il voit sa mère plus souvent. Elle est petite, mince et brune ; elle fume et a une Buick bleue qu'on dit être la seule voiture de cette marque au Cap – peut-être même en Afrique du Sud –, avec changement de vitesses automatique. Il a aussi une sœur aînée, qui est si belle, qui a été élevée dans des écoles si chères, et qui est un si beau parti, qu'on ne saurait l'exposer aux regards des copains de Theo.

Les fils Stavropoulos sont amenés à l'école tous les matins dans la Buick bleue, soit par leur mère, soit, plus souvent, par un chauffeur en uniforme noir avec casquette. La Buick décrit une courbe majestueuse dans la cour de l'école, Theo et son frère en descendent, et la Buick repart majestueusement. Il ne comprend pas pourquoi Theo tolère cela. A la place de Theo, il se ferait déposer au coin de la rue. Mais Theo prend les plaisanteries et les vannes sans se froisser.

Un jour, après la classe, Theo l'invite chez lui. Quand ils arrivent, à sa surprise, un déjeuner les attend. Ainsi, à trois heures de l'après-midi, ils se mettent à table, avec des couverts en argent et des serviettes propres, pour manger du steak et des frites que leur sert un domestique en uniforme blanc qui se tient derrière la chaise de Theo, attendant les ordres, pendant qu'ils mangent.

Il fait de son mieux pour cacher son étonnement. Il sait qu'il existe des gens qui se font servir par des domestiques ; mais il ne savait pas que des enfants pouvaient aussi avoir des domestiques.

Et puis les parents de Theo et sa sœur partent pour l'Europe – la sœur, à ce qu'on dit, va épouser un baronet anglais –, et Theo et son frère deviennent pensionnaires. Il s'attend à voir Theo ne pas résister à l'épreuve de l'internat, à être victime de l'envie et de la méchanceté des autres internes, à souffrir de la cuisine médiocre, et des indignités d'une vie où l'on n'est jamais seul. Il s'attend aussi à ce que Theo soit obligé de subir les mêmes coupes de cheveux que tous les autres. Pourtant, Dieu sait comment, Theo s'arrange pour être toujours élégamment coiffé ; Dieu sait comment, malgré son nom, malgré sa gaucherie sur le terrain de sport, malgré sa réputation de *moffie*, il ne se départit pas de son sourire suave, il ne se plaint jamais, il ne se laisse pas humilier.

Theo est assis serré contre lui sur le banc de son pupitre, au-dessous de l'image de Jésus qui s'ouvre la poitrine pour découvrir un cœur écarlate resplendissant. Ils sont censés réviser leur leçon d'histoire ; en fait ils ont devant eux un petit livre de grammaire que Theo utilise pour lui enseigner le grec classique. Le grec classique prononcé comme le grec moderne : cela a un côté excentrique qui lui plaît. *Aftos*, chuchote Theo ; *evdhemonia*. *Evdhemonia*, répète-t-il à voix basse.

Le frère Gabriel tend l'oreille. « Qu'est-ce que tu fais, Stavropoulos ? » demande-t-il.

« Je lui apprends le grec, mon frère », dit Theo avec son assurance calme.

« Retourne t'asseoir à ta place. »

Theo sourit et d'un pas tranquille regagne son pupitre.

Les frères n'aiment pas Theo. Son arrogance les exaspère ; ils partagent le préjugé des élèves contre son argent. Cette injustice le révolte ; il aimerait bien partir en guerre pour Theo.

Dix-huit

Pour les dépanner en attendant que le nouveau cabinet de son père rapporte de l'argent, sa mère reprend un poste dans l'enseignement. Pour s'occuper de la maison, elle embauche une bonne, une femme qui n'a que la peau et les os et presque plus de dents et qui s'appelle Celia. Quelquefois Celia amène sa jeune sœur pour lui tenir compagnie. En rentrant un après-midi, il les trouve toutes les deux à la cuisine, attablées devant une tasse de thé. La plus jeune, qui est plus jolie que Celia, lui fait un sourire. Il y a quelque chose dans ce sourire qui le trouble ; il ne sait où regarder et va s'enfermer dans sa chambre. Il les entend rire, et il sait qu'elles se moquent de lui.

Quelque chose est en train de changer. On dirait qu'il est gêné tout le temps. Il ne sait où poser ses regards, ni quoi faire de ses mains, comment se tenir, quelle expression mettre sur son visage. Tout le monde le reluque, le juge, trouve en lui quelque chose à critiquer. Il se fait l'impression d'être un crabe qu'on a sorti de sa carapace, et dont la chair rose, meurtrie, offre un spectacle obscène.

Jadis, il était plein d'idées, des idées sur tout, quand il s'agissait de savoir où aller, de quoi parler, quoi faire. Il avait toujours une longueur d'avance sur les autres : c'était lui qui les menait, les autres suivaient. Maintenant, cette vitalité dont il débordait autrefois l'a quitté. A treize ans, il est en train de devenir renfrogné, boudeur, sombre. Cet être nouveau et horrible ne lui plaît pas et il veut en sortir, mais c'est quelque chose qu'il ne peut pas faire tout seul. Pourtant qui voudra bien le faire pour lui ?

Ils vont voir à quoi ressemble le nouveau bureau de son père. Le bureau se trouve à Goodwood, qui fait partie de la ceinture des banlieues afrikaans Goodwood-Parow-Bellville. Les carreaux des fenêtres sont peints en vert foncé, et sur le vert, en lettres dorées, sont inscrits les mots PROKUREUR - Z. COETZEE - ATTORNEY. L'intérieur est lugubre, meublé de gros sièges de crin capitonnés de cuir. Les livres de droit, qui ont fait toute l'Afrique du Sud dans leurs bagages depuis que son père a cessé d'exercer en 1937, ont été sortis de leurs cartons et placés sur l'étagère. Distraitement, il ouvre un livre et lit l'article sur le viol. Il arrive que les indigènes placent leur membre entre les cuisses d'une femme sans qu'il y ait pénétration, lit-il dans une note en bas de page. Cette pratique relève du droit coutumier et ne constitue pas un cas de viol.

Est-ce que c'est à ça qu'ils passent leur temps dans les tribunaux, se demande-t-il ? A ergoter sur l'endroit où la verge est allée se fourrer ?

Le cabinet de son père a l'air de bien marcher. Il emploie non seulement une dactylo mais aussi un clerc qui s'appelle Eksteen. Il laisse à Eksteen le train-train des successions et autres actes notariés ; lui se consacre au travail passionnant du prétoire où il s'efforce de *tirer ses clients d'affaire*. Il a tous les jours des histoires à raconter sur des gens qu'il a tirés d'affaire, et qui lui en sont infiniment reconnaissants.

Sa mère, elle, s'intéresse moins aux gens qu'il a tirés d'affaire qu'à la liste des sommes dues par les clients, qui ne cesse de s'allonger. Un nom revient sans cesse, celui de Le Roux, le marchand de voitures. Elle tarabuste son père : il est avocat, il peut sûrement trouver le moyen de faire payer Le Roux. Le Roux paiera ce qu'il doit à la fin du mois, sans faute, répond son père, il l'a promis. Mais à la fin du mois, une fois de plus, Le Roux ne paie pas.

Le Roux ne paie pas, mais il ne se fait pas oublier pour autant. Au contraire, il invite son père à boire un verre à tout bout de champ, il lui promet plus de travail, il lui fait un tableau idyllique de tout l'argent qu'on peut se faire en reprenant possession des voitures non payées.

A la maison, le ton monte dans les discussions, mais en même temps on parle à mots couverts. Il demande à sa mère ce qui se passe. Amèrement elle explique que Jack a prêté de l'argent à Le Roux.

Il est inutile de lui en dire davantage. Il connaît son père et il sait ce qui se passe. Son père ne peut se passer de l'approbation des autres, il est prêt à n'importe quoi pour se faire aimer. Et dans les milieux où son père évolue, il n'y a que deux façons de se rendre aimable : payer le coup à boire ou prêter de l'argent.

En principe, les enfants ne vont pas dans les bars. Mais son frère et lui ont passé de longs moments à une table, au fond du bar de l'hôtel de Fraserburg Road, à boire de l'orangeade en regardant leur père payer des tournées de brandy à l'eau à des inconnus ; c'est là qu'il a découvert ce côté de son caractère. Il connaît bien cette bonhomie exubérante de son père sous l'effet du brandy, ses vantardises, ses grands gestes de prodigalité.

Dans l'anxiété, la mort dans l'âme, il écoute les monologues de sa mère qui se plaint. Si lui ne se laisse pas avoir par les bobards que raconte son père, il ne peut pas compter sur elle pour lui résister : il a trop souvent vu son père l'embobiner. Il l'avertit : « Ne l'écoute donc pas, il te ment tout le temps. »

Les ennuis avec Le Roux s'aggravent. Il y a de longues conversations téléphoniques. On se met à entendre le nom de quelqu'un de nouveau : Bensusan. On peut compter sur Bensusan, dit sa mère. Bensusan est juif, il ne boit pas. Bensusan va venir au secours de son père et le remettre sur le droit chemin.

Mais il s'avère qu'il n'y a pas que Le Roux. Son père a

prêté de l'argent à d'autres gens, d'autres amis de bar. Il a peine à le croire, il ne comprend pas. D'où vient tout cet argent, alors que son père n'a qu'un seul costume et une seule paire de chaussures, et qu'il est obligé de prendre le train pour aller au bureau ? Est-ce qu'on gagne vraiment tant d'argent, et si vite, à tirer les gens d'affaire ?

Il n'a jamais vu Le Roux, mais il n'a aucun mal à l'imaginer. Le Roux sera un Afrikaner rougeaud avec une moustache blonde ; il aura un costume bleu et une cravate noire ; il aura un peu d'embonpoint et il transpirera à profusion, il aura le verbe haut, et il racontera des blagues cochonnes.

Le Roux est avec son père au bar de Goodwood. Quand son père ne le regarde pas, Le Roux fait des clins d'œil derrière son dos aux autres clients. Le Roux a pris son père comme pauvre gogo. Il brûle de honte de voir que son père est aussi bête.

Il s'avère que l'argent prêté n'est pas réellement à son père. C'est pour cela que Bensusan s'est mêlé de l'histoire. Bensusan agit pour le compte de l'Ordre des avocats et des notaires. L'affaire est sérieuse : l'argent vient de sommes que son père avait en dépôt. « Qu'est-ce que c'est de l'argent en dépôt ? » demande-t-il à sa mère. « C'est de l'argent qu'on lui a confié pour le gérer. » « Mais pourquoi est-ce que les gens lui confient de l'argent ? dit-il. Ils sont fous ! » Sa mère secoue la tête. Les notaires reçoivent de l'argent en dépôt, dit-elle, Dieu sait pourquoi. « Jack n'a pas plus de jugeote qu'un enfant pour ce qui est de l'argent », dit-elle.

Bensusan et l'Ordre des avocats et des notaires s'occupent de l'affaire parce que ce sont des gens qui lui veulent du bien, des gens qui le connaissent du temps où il était contrôleur des baux, avant que les nationalistes ne prennent le pouvoir. Ils sont bien disposés envers son père, ils ne veulent pas le laisser aller en prison. En souvenir du bon vieux temps, et parce qu'il a une femme et des enfants, ils fermeront les yeux sur certaines choses, et ils lui feront des facilités. Il pourra rembourser sur cinq ans ; et puis l'affaire sera classée, tout sera oublié.

De son côté, sa mère consulte un homme de loi. Elle voudrait que ses biens propres soient séparés de ceux de son mari, avant qu'une nouvelle catastrophe ne leur tombe sur la tête : la table de la salle à manger, par exemple ; sa commode avec le miroir ; la table basse en *stinkwood*, l'acajou du Cap, que lui a donnée tante Annie. Elle voudrait que leur contrat de mariage, aux termes duquel chacun des époux est responsable des dettes de l'autre, soit modifié. Mais il s'avère que les contrats de mariage ne sont pas modifiables. Si son père boit un bouillon, sa mère sombre avec lui, elle et ses enfants.

Eksteen et la dactylo sont congédiés, le cabinet de Goodwood est fermé. Il n'a jamais l'occasion d'aller voir ce qui est arrivé à la fenêtre peinte en vert avec l'inscription en lettres d'or. Sa mère garde son poste dans l'enseignement. Son père se met à chercher un emploi. Tous les matins, à sept heures pile, il s'en va en ville. Mais une heure ou deux plus tard – ça, c'est son secret à lui –, une fois que tout le monde a quitté la maison, il revient. Il se remet en pyjama et retourne se coucher avec les mots croisés du *Cape Times*, une demi-flasque de brandy et une carafe d'eau. A deux heures de l'après-midi, avant que le reste de la famille ne rentre, il s'habille et va à son club.

Le club s'appelle le club de Wynberg, mais en fait cela fait partie de l'hôtel de Wynberg. C'est là que son père dîne et qu'il passe la soirée à boire. Un peu après minuit – il a le sommeil léger et le bruit le réveille – une voiture s'arrête devant la maison, la porte d'entrée s'ouvre, son père entre et va directement aux WC. Puis de la chambre de ses parents lui parviennent une série d'échanges vifs à voix basse. Le matin, il y a des traces d'éclaboussures jaune foncé sur le sol des WC et sur le siège, et une odeur douceâtre écœurante.

Il fait une pancarte qu'il met en évidence dans les WC : PRIÈRE DE RELEVER LE SIÈGE. Sa pancarte n'a aucun effet. Uriner sur le siège des toilettes devient le dernier acte de défi de son père pour s'opposer à une femme et à des enfants qui ne lui parlent plus.

Il découvre le secret de son père un jour où il reste à la maison parce qu'il est malade, ou qu'il fait semblant d'être malade. De son lit, il entend la clé tourner en grinçant dans la serrure de la porte d'entrée, il entend son père s'installer dans la chambre d'à côté. Plus tard dans la matinée, furieux et l'air coupable, ils se croisent dans le couloir.

Avant de quitter la maison l'après-midi, son père vide la boîte à lettres, et subtilise certaines lettres qu'il cache dans le bas de sa garde-robe, sous le papier qui protège le bois. Quand enfin le désastre ne peut plus être endigué, ce sont les lettres cachées dans la garde-robe – des factures de l'époque de Goodwood, des lettres de sommation, des lettres d'huissiers – qui causent le plus d'amertume à sa mère. « Si seulement j'avais su, j'aurais trouvé une solution, dit-elle. Maintenant, il n'y a plus rien à faire. C'est fichu. »

Des dettes, il y en a de tous les côtés. Des gens viennent à toute heure du jour et de la nuit, des gens qu'on ne lui laisse pas voir. Chaque fois qu'on frappe à leur porte, son père va s'enfermer dans sa chambre. Sa mère accueille les visiteurs à voix basse, les fait entrer dans la salle de séjour, ferme la porte. Ensuite il l'entend qui marmonne de rage dans la cuisine.

Il est question d'Alcooliques Anonymes ; on dit que son père devrait aller aux Alcooliques Anonymes pour prouver sa bonne foi. Son père promet d'y aller mais n'en fait rien.

Deux huissiers du palais de Justice viennent faire l'inventaire du contenu de la maison. C'est un samedi matin ensoleillé. Il se réfugie dans sa chambre et essaie de lire, mais en vain : les hommes demandent à avoir accès à sa chambre, à chacune des pièces de la maison. Il va dans le jardin de derrière. Mais ils le suivent jusque-là, regardent partout et prennent des notes sur un calepin.

Il écume de rage, il ne décolère pas. *Ce type*, c'est ainsi qu'il appelle son père quand il parle à sa mère ; la haine qu'il éprouve l'empêche de lui donner un nom : pourquoi faut-il que nous ayons quelque chose à voir avec *ce type* ? Pourquoi est-ce que tu ne laisses pas *ce type* aller en prison ? Il a vingt-cinq livres d'économie sur son livret de Caisse d'épargne à la poste. Sa mère lui jure que personne ne lui prendra ses vingt-cinq livres.

Ils ont la visite d'un M. Golding. M. Golding est un Métis, mais, d'une manière ou d'une autre, il se trouve en position de force par rapport à son père. On se prépare avec un soin extrême en vue de cette visite. M. Golding sera reçu dans la pièce de devant, comme les autres personnes qui sont venues. On lui servira le thé dans le même service à thé. En échange de tels égards, on espère que M. Golding n'engagera pas de poursuites judiciaires.

M. Golding arrive. Il porte un costume croisé, il n'a pas le sourire. Il boit le thé que sert sa mère, mais il ne veut rien promettre. Il veut l'argent qui est à lui.

Une fois qu'il est parti, il y a une discussion pour savoir ce qu'on va faire de la tasse où il a bu. La coutume, à ce qu'il paraît, est que, lorsqu'une personne de couleur a bu dans une tasse, il faut la casser. Il s'étonne que dans la famille de sa mère où on ne croit à rien, on croie à ces sornettes. Cependant, en fin de compte, sa mère se contente de laver la tasse à l'eau de Javel.

In extremis tante Girlie de Williston vient à la rescousse pour sauver l'honneur de la famille. Elle pose certaines conditions, l'une d'elles étant que Jack n'exerce plus jamais en tant qu'avocat.

Son père accepte les conditions, accepte de signer le document. Mais le moment venu, on a toutes les peines du monde à le faire sortir de son lit. Il finit par faire son apparition, en pantalon gris et veste de pyjama et pieds nus. Sans un mot, il signe ; puis il se retire pour retourner se coucher.

Plus tard ce soir-là, il s'habille et sort. Où il passe la nuit, ils n'en savent rien ; il ne rentre que le lendemain matin.

« A quoi ça sert de le faire signer ? se plaint-il à sa mère. Il ne paie jamais ses dettes, pourquoi est-ce qu'il rembourserait Girlie ? »

« Ne t'occupe pas de lui. Moi, je rembourserai », répond-elle.

« Et comment ? »

« Je travaillerai. »

Il y a quelque chose dans l'attitude de sa mère sur quoi il ne peut plus fermer les yeux, quelque chose d'extraordinaire. A chaque nouvelle révélation, on dirait qu'elle devient plus forte, et plus têtue. C'est comme si elle attirait les calamités sur sa tête sans autre but que de montrer à tout un chacun ce qu'elle peut supporter. « Je rembourserai toutes ses dettes, dit-elle. Je paierai à tempérament. Je travaillerai. »

Sa volonté obstinée de fourmi le met dans une colère telle qu'il a envie de la frapper. Ce que cela cache n'est que trop clair. Elle veut se sacrifier pour ses enfants. Un sacrifice continu, qui n'aurait pas de terme : il ne connaît que trop bien cet état d'esprit. Mais quand elle se sera sacrifiée jusqu'au bout, quand elle aura vendu sa chemise, et jusqu'à ses souliers, et qu'elle ira les pieds en sang, qu'est-ce qu'il aura de plus, lui ? Cette pensée lui est insupportable.

Les vacances de décembre sont là et son père n'a pas de travail. Ils sont tous les quatre à la maison maintenant, comme des rats en cage, et ils s'évitent, se cachent chacun dans sa chambre. Son frère se plonge dans des illustrés : *Eagle*, *Beano*. Celui que lui préfère est *Rover* avec les histoires de Alf Tupper, le champion du mile qui travaille dans une usine à Manchester et ne mange que des portions de haddock-pommes frites. Il essaie de trouver l'oubli, mais ne peut s'empêcher de tendre l'oreille au moindre chuchotement, au moindre craquement dans la maison.

Un matin, il y a un silence étrange. Sa mère est sortie, mais il y a quelque chose dans l'air, une odeur, un effluve un peu lourd, il sait que *ce type* est encore là. Il ne peut quand même pas dormir encore à cette heure. Est-il possible que, merveilles des merveilles, il se soit suicidé ?

Mais s'il s'est suicidé, ne vaudrait-il pas mieux faire semblant de ne pas s'en apercevoir, pour que les somnifères, ou ce qu'il a pu prendre, aient le temps de faire de l'effet ? Et comment va-t-il empêcher son frère de donner l'alarme ?

Dans cette guerre qu'il a menée contre son père, il n'a jamais été tout à fait sûr du soutien de son frère. Aussi loin qu'il se souvienne, les gens ont toujours dit qu'alors que lui tient de sa mère, son frère ressemble beaucoup à son père. Il soupçonne son frère d'avoir un faible pour son père ; il soupçonne son frère, avec sa mine pâlotte et soucieuse, et le tic qui lui fait battre la paupière, d'être un faible.

Il vaudrait certainement mieux ne pas s'approcher de sa chambre ; comme ça, si on lui pose des questions par la suite, il pourra dire « je discutais avec mon frère » ou « je lisais dans ma chambre ». Mais il ne peut dominer sa curiosité. Sur la pointe des pieds, il va jusqu'à la porte de la chambre, l'ouvre en poussant légèrement, jette un œil à l'intérieur.

Il fait une chaude matinée d'été. Il n'y a pas un souffle de vent, au point qu'il entend les moineaux qui gazouillent dehors, et le battement de leurs ailes. Les volets sont fermés, les rideaux sont tirés. Il y a une odeur de sueur. Dans la pénombre il distingue son père étendu sur son lit. Du fond de sa gorge vient un gargouillis humide chaque fois qu'il respire.

Il fait quelques pas de plus. Ses yeux s'accoutument à la

pénombre. Son père est en culotte de pyjama et en tricot de corps de coton. Il n'est pas rasé. Une marque rouge de coup de soleil dessine un V à la base du cou qui contraste avec la pâleur du torse. A côté du lit, il y a un pot de chambre dans lequel des mégots flottent sur une urine brunâtre. Il n'a jamais rien vu d'aussi sordide de sa vie.

Il n'y a pas de cachets. L'homme n'est pas en train de mourir, il dort, seulement. Il n'a pas le courage de prendre des somnifères, pas plus qu'il n'a le courage d'aller chercher du travail.

Depuis le jour où son père est revenu de la guerre, ils se sont fait une autre guerre que son père n'avait pas la moindre chance de gagner parce qu'il n'aurait jamais pu se douter qu'il aurait affaire à un ennemi aussi impitoyable et aussi tenace. Cette guerre a traîné sept longues années ; aujourd'hui il triomphe. Il a l'impression d'être ce soldat russe sur la porte de Brandebourg, qui lève le drapeau rouge au-dessus de Berlin en ruine.

Pourtant, en même temps, il voudrait bien ne pas être là, ne pas être témoin de cette déchéance. C'est injuste ! a-t-il envie de crier ; je ne suis qu'un enfant ! Il voudrait que quelqu'un, une femme, le prenne dans ses bras, soigne ses blessures, l'apaise, lui dise que tout cela n'était qu'un mauvais rêve. Il pense à la joue de sa grand-mère, fraîche et douce, et satinée comme de la soie, qu'elle lui tendait pour qu'il l'embrasse. Il voudrait que sa grand-mère vienne tout arranger.

Un glaire racle au fond de la gorge de son père. Il tousse, et se tourne sur le côté. Il ouvre les yeux, les yeux d'un homme tout à fait conscient, qui sait très bien où il est. Les yeux s'arrêtent sur lui, debout là, où il n'a rien à faire, en train de l'épier. Il n'y a pas la moindre expression d'un jugement dans ces yeux, mais pas la moindre douceur non plus.

Nonchalamment la main de l'homme descend le long du corps pour réajuster la culotte de pyjama.

Il s'attendrait à ce que l'homme dise quelque chose, un mot ou un autre, comme « quelle heure est-il ? », pour lui rendre les choses plus faciles. Mais l'homme ne dit rien. Les yeux restent posés sur lui, paisibles, distants. Puis de nouveau ils se ferment et il se rendort.

Il retourne dans sa chambre et ferme la porte.

Parfois la grisaille se lève. Le ciel qui habituellement est bouché et pèse sur sa tête, pas assez bas pour qu'il le touche, mais pas bien haut, s'entrouvre et, l'espace d'un bref instant, il voit le monde comme il est réellement. Il se voit dans sa chemise blanche avec les manches retroussées, et les culottes grises qui vont bientôt lui être trop petites : ce n'est pas un enfant, pas ce qu'un passant appellerait un enfant, il est trop grand pour cela maintenant, trop grand pour se servir de cette excuse, pourtant il est aussi sot, aussi renfermé sur lui-même qu'un enfant : puérile, bête, ignorant, arriéré. Dans un moment comme cela, il voit aussi son père et sa mère, de haut, sans colère : pas comme deux masses grises et informes qui pèsent sur ses épaules, manigançant son malheur jour et nuit, mais comme un homme et une femme qui ont leur vie, une vie terne, pleine de soucis. Le ciel s'entrouvre, il voit le monde tel qu'il est, et puis il se referme et il se retrouve tel qu'en lui-même, à vivre la seule histoire qu'il soit prêt à admettre, l'histoire de lui-même.

Sa mère est debout devant l'évier, dans le coin le moins bien éclairé de la cuisine. Elle lui tourne le dos, ses bras sont éclaboussés de petits paquets de mousse ; elle récure une casserole, sans se presser. Quant à lui, il va et vient, il parle de quelque chose, il ne sait pas de quoi, il parle avec sa véhémence coutumière, et il se plaint.

Elle se retourne, laissant sa vaisselle, jette sur lui un regard, un regard qui en dit long, sans la moindre tendresse. Ce n'est certes pas la première fois qu'elle le voit. Mais elle le voit comme il a toujours été, comme elle a toujours su qu'il était quand elle n'était pas la victime de ses illusions. Elle le voit, elle le jauge, et elle n'est pas satisfaite. Il se peut même qu'il lui inspire un profond ennui.

C'est cela qu'il redoute de sa part, de la personne au monde qui le connaît le mieux, qui a sur lui l'énorme avantage de tout savoir sur ses premières années, ses années les plus secrètes, ses années d'impuissance, ses années dont, malgré ses efforts, lui-même ne se rappelle rien ; la personne qui sait aussi, parce qu'elle est curieuse et qu'elle sait où se renseigner, les petits secrets de sa vie d'écolier. Il redoute le jugement qu'elle porte sur lui. Il redoute les pensées qui doivent lui passer par la tête, et la laisser froide, dans des moments comme celui-ci, où rien de passionné ne vient les affecter, où elle n'a aucune raison de ne pas y voir clair ; plus que tout, il redoute le moment, le moment qui n'est pas encore venu où elle prononcera son jugement. Ce sera comme un coup de tonnerre ; il n'y résistera pas. Il ne veut pas l'entendre. Il ne veut pas savoir, au point qu'il sent une main qui se glisse dans sa tête pour lui boucher les yeux et les oreilles. Il préférerait être sourd et aveugle plutôt que d'entendre ce qu'elle pense de lui. Il préférerait vivre comme une tortue dans sa carapace.

Cette femme n'est pas venue au monde dans le seul but de l'aimer, de le protéger et de veiller à ses besoins. Au contraire, elle a eu une vie avant qu'il n'existe, une vie durant laquelle rien ne lui imposait d'avoir la moindre pensée pour lui. A un moment donné de sa vie, elle l'a mis au monde ; elle l'a mis au monde et elle a décidé de l'aimer ; elle a peut-être fait le choix de l'aimer avant même de le mettre au monde ; néanmoins, elle a fait le choix de l'aimer, et peut donc aussi bien faire le choix de ne plus l'aimer.

« Tu verras quand tu auras toi-même des enfants, lui dit-elle dans ses pires moments d'amertume. Tu verras. » Qu'est-ce qu'il verra ? C'est une façon de parler, une expression toute faite qui a l'air de venir d'une autre époque. C'est peut-être ce que chaque génération dit à la suivante, comme un avertissement, une menace. Mais il ne veut pas l'entendre. « Tu verras quand tu auras des enfants. » Quelle bêtise ! Quelle contradiction ! Comment est-ce qu'un enfant peut avoir des enfants ? De toute façon, ce qu'il saurait s'il était père, s'il était son propre père, c'est précisément ce qu'il ne veut pas savoir. Il ne veut pas de cette optique qu'elle veut lui imposer : cette sobriété, cette déception, ces illusions perdues.

Dix-neuf

Tante Annie est morte. Malgré les promesses des médecins, elle n'a jamais remarché après sa chute, même pas avec une canne. De son lit au Volkshospitaal, on l'a transférée à un lit dans une maison pour personnes âgées à Stikland, au diable vauvert, où personne n'avait le temps d'aller la voir, et où elle est morte dans la solitude. Maintenant elle doit être enterrée au cimetière n° 3 de Woltemade.

Pour commencer il refuse d'y aller. Il a son compte de prières à l'école, il ne veut pas en entendre d'autres. Il ne cache pas son mépris pour les larmes qui vont être versées. La famille va faire un enterrement convenable à tante Annie pour se donner bonne conscience. On devrait plutôt l'enterrer dans un trou au fond du jardin de la maison de vieux. On économiserait de l'argent.

Au fond de son cœur, il n'en pense pas un mot. Mais il a besoin de dire des choses comme ça à sa mère, pour la voir ulcérée, scandalisée, pour voir son visage se crisper en l'entendant. Jusqu'où faudra-t-il qu'il aille pour qu'elle se rebiffe et lui dise de se taire ?

Il n'aime pas penser à la mort. Il préférerait que les gens âgés et malades cessent tout bonnement d'exister et disparaissent. Il n'aime pas voir des corps vieillis, affreux ; la seule pensée de vieillards qui se déshabillent le fait frissonner d'horreur. Il espère qu'aucune personne âgée n'a jamais pris de bain dans la baignoire de la maison de Plumstead.

Sa mort à lui, c'est autre chose. Après sa mort, il ne sait comment, il continue à être là, il plane au-dessus de ceux qui le pleurent, il jouit du spectacle de ceux qui ont causé sa mort et qui, maintenant que c'est trop tard, voudraient qu'il soit encore vivant.

En fin de compte, cependant, il va avec sa mère à l'enterrement de tante Annie. Il y va parce qu'elle insiste et le supplie de venir, et qu'il aime le sentiment de puissance qu'il éprouve à se faire prier ; mais aussi parce qu'il n'est jamais allé à un enterrement et il veut voir la profondeur de la fosse et comment on s'y prend pour y descendre la bière.

Ce ne sont pas de belles obsèques, loin de là. Le cortège funèbre se réduit à cinq parents auxquels s'ajoute un *dominee* de l'Église Hollandaise Réformée, qui a de l'acné. Les cinq membres de la famille sont l'oncle Albert, sa femme et son fils, sa mère et lui-même. Cela fait des années qu'il n'a pas vu l'oncle Albert. Il est pratiquement courbé en deux sur sa canne ; les larmes coulent de ses yeux bleu pâle ; les pointes de son col rebiquent comme si c'était quelqu'un d'autre qui lui avait fait son nœud de cravate.

Le corbillard arrive. L'entrepreneur de pompes funèbres et le croque-mort sont en costume noir de rigueur, et beaucoup mieux habillés qu'eux tous (lui porte son uniforme de Saint-Joseph : il n'a pas de costume). Le *dominee* fait une prière en afrikaans pour la sœur disparue ; puis le corbillard fait marche arrière jusqu'au bord de la fosse et on en fait glisser le cercueil sur des rondins posés sur le trou. A sa déception, on ne le descend pas dans la fosse – il faudra, à ce qu'il paraît, attendre les fossoyeurs pour l'opération –, mais l'entrepreneur d'un geste discret leur fait signe qu'ils peuvent jeter des poignées de terre sur le cercueil.

Une petite pluie fine se met à tomber. L'affaire est terminée ; ils peuvent partir, ils peuvent reprendre le cours de leur vie.

Sur le chemin qui les ramène vers la porte du cimetière, qui traverse des arpents de tombes anciennes et récentes à perte de vue, il marche derrière sa mère et son cousin, le fils d'Albert, qui parlent à voix basse. Il remarque qu'ils ont la même démarche pesante, la même façon de soulever toute la jambe et de la reposer lourdement sur le sol, gauche, droite, comme des paysans en sabots. Ce sont bien les Du Biel de Poméranie, des paysans, des gens de la campagne, trop lents, trop lourds pour la ville, où ils ne sont pas à leur place.

Il pense à tante Annie qu'ils ont abandonnée ici, sous la pluie, à Woltemade, loin de tout, il pense aux longues serres noires que l'infirmière a coupées à l'hôpital, que personne ne coupera plus.

« Tu en sais des choses », lui a dit un jour tante Annie. Ce n'était pas un compliment : ses lèvres esquissaient un sourire, mais en même temps elle hochait la tête. « Tu en sais des choses, si jeune. Comment est-ce que tu vas garder tout cela dans ta tête ? » Et elle s'était penchée vers lui et lui avait tapoté le crâne de son doigt noueux.

Ce petit n'est pas comme les autres, avait dit tante Annie à sa mère, qui le lui avait répété. Mais pas comme les autres en quoi ? Personne ne l'explique jamais.

Ils sont arrivés à la porte du cimetière. La pluie tombe plus fort. Avant de prendre leurs deux trains, pour Salt River d'abord et puis pour Plumstead, il va falloir qu'ils se traînent à pied sous la pluie jusqu'à la gare de Woltemade.

Le corbillard les rattrape. Sa mère agite la main pour l'arrêter et dit quelque chose à l'entrepreneur de pompes funèbres. « Ils vont nous emmener jusqu'en ville », dit-elle.

Ainsi il faut qu'il grimpe dans le corbillard, qu'il s'installe coincé entre l'entrepreneur et sa mère pour faire lentement la route le long de Voortrekker Road ; il lui en veut de lui imposer cela et espère bien que personne de l'école ne le verra.

« La dame était institutrice, je crois », dit l'entrepreneur.

Il a un accent écossais. C'est un immigré : qu'est-ce qu'il sait de l'Afrique du Sud et des gens comme tante Annie ?

Il n'a jamais vu un homme aussi poilu. Des poils noirs lui sortent du nez et des oreilles, sortent en grosses touffes de ses manchettes amidonnées.

« Oui, dit sa mère, elle a enseigné pendant plus de quarante ans. »

« Alors elle laisse quelque chose de bien derrière elle, dit l'entrepreneur. C'est un beau métier, l'enseignement. »

« Qu'est-ce qui est arrivé aux livres de tante Annie ? » demande-t-il plus tard, quand il se retrouve seul avec sa mère. Il dit les livres, mais en fait il veut dire tous les exemplaires de *Ewige Genesing*.

Sa mère n'en sait rien, ou ne veut pas le lui dire. Depuis l'appartement où elle s'est fracturé la hanche, en passant par l'hôpital et jusqu'à la maison de vieux de Stikland et au cimetière n° 3 de Woltemade, personne n'a pensé aux livres, sauf peut-être tante Annie elle-même, à ces livres que personne ne lira jamais ; et maintenant tante Annie est couchée sous la pluie en attendant que quelqu'un trouve le temps de la mettre en terre. Il n'y a que lui qui reste pour réfléchir. Comment va-t-il garder tout cela dans la tête, tous les livres, tous les gens, toutes les histoires ? Et si lui ne se les rappelle pas, qui d'autre se les rappellera ?

DU MÊME AUTEUR

Au cœur de ce pays
roman
Maurice Nadeau/Papyrus, 1981
rééd. Le Serpent à Plumes, 1999

Michaël K, sa vie, son temps
roman
Booker Prize, 1983
Prix Fémina étranger, 1985
Seuil, 1985
et « Points », n° P719

Terres de crépuscule
nouvelles
Seuil, 1987

En attendant les barbares
roman
Seuil, 1987
et « Points », n° P720

Foe
roman
Seuil, 1988
et « Points », n° P1097

L'Âge de fer
roman
Seuil, 1992
et « Points », n° P1036

Le Maître de Pétersbourg
roman
Seuil, 1995
et « Points », n° P1186

Disgrâce

roman
Booker Prize, 1999
Commonwealth Prize
National Book Critics Circle Award
Prix du meilleur livre étranger, 2002
Seuil, 2001
et « Points », n° P1035

Vers l'âge d'homme

Seuil, 2003

NORMANDIE ROTO IMPRESSION S.A.S. À LONRAI
DÉPÔT LÉGAL : JANVIER 2002. N° 52577-3 (033162)